SPRING 野

更具体地生长

All This Wild Hope

孤独真要命，
它会一点一点将你彻底吞噬。

———

为什么一些随机的瞬间会在记忆中长存，
而一些按说更重要的时刻却被永远遗忘了？

Paul Auster
1947—2024

Paul Auster

鲍 姆 加 特 纳
Baumgartner

[美] 保罗·奥斯特 著

陈正宇 译

GUANGXI NORMAL UNIVERSITY PRESS
广西师范大学出版社
·桂林·

图书在版编目（CIP）数据

鲍姆加特纳 / （美）保罗·奥斯特著；陈正宇译.

桂林：广西师范大学出版社，2025. 6. —— ISBN 978-7
-5598-7997-4

Ⅰ. I712.45

中国国家版本馆CIP数据核字第20251Y7F72号

著作权合同登记号桂图登字：20-2025-041号

BAOMUJIATENA
鲍姆加特纳

作　　者：（美）保罗·奥斯特
责任编辑：彭　琳
特约编辑：苏　骏
装帧设计：汐　和 at compus studio
内文制作：陆　靓

广西师范大学出版社出版发行

　　广西桂林市五里店路 9 号　　邮政编码：541004
　　网址：www.bbtpress.com

出版人：黄轩庄

全国新华书店经销

发行热线：010-64284815

北京启航东方印刷有限公司印刷

开本：787mm × 1092mm　　1/32

印张：8　　　　字数：105千

2025年6月第1版　　2025年6月第1次印刷

定价：66.00元

如发现印装质量问题，影响阅读，请与出版社发行部门联系调换。

一

鲍姆加特纳正坐在二楼一个房间的书桌前，这个房间他有时称之为书房，有时称之为"我思室"[1]，有时又称它为自己的"藏身洞"。他手握钢笔，正在写一部有关克尔凯郭尔[2]笔名的专著；就在写到第三章的一个句子时，他突然想到，自己此刻必须引用的一本书还在楼下的客厅摆着，昨晚睡前他忘了把它带上来了。下楼去取书的途中，他又想起答应过妹妹，上午十点要给她去电；现在已经快十点了，于是他决定先去厨房打电话，再去客厅取书。可他刚走进厨房，就因为一股刺鼻的气味而

---

1 "我思室"（cogitorium）是作者生造的一个词，由拉丁文"cogito"（我思考）和英文里常用于表示特定场所的后缀"-orium"结合而成。——若非特殊说明，本书注释均为译者注

2 索伦·克尔凯郭尔（Søren Kierkegaard，1813—1855），丹麦神学家、哲学家，曾用多个不同笔名发表作品。

停住了脚步。在意识到有什么东西烧焦了以后，他赶紧往灶台走去，发现有个炉灶的火没关，一直开着的小火正在蚕食一口小铝锅的锅底——三小时前，他正是用这口锅煮了两颗溏心蛋当早餐。他关了火，接着，没有多想，也就是说，没顾得上去取隔热垫或抹布，便从灶上拿起那口已被烧毁，且仍在阴燃的煮蛋锅，一下把手给烫伤了。鲍姆加特纳痛得大叫一声，立马把锅摔到了地上，发出"砰"的一声骤响。他一边发出痛苦的哀号，一边急忙向水槽跑去，接着打开冷水龙头，把右手伸到水流下反复冲洗，冲了足足三四分钟。

经过这一番冲洗后，鲍姆加特纳希望手指和掌心不会再起水疱，这时他才小心翼翼地用抹布把手擦干，接着活动了一下手指，又用抹布在手上轻拍了两下，之后便开始纳闷：他来厨房是要干吗来着？他还没来得及想起给妹妹去电的事，电话就响了。他拿起听筒，警惕地嘟哝了一声"喂"。在终于记起自己为什么来厨房后，他心想，电话那头一定是妹妹内奥米。想到十点已过，而他却没能及时给她去电，他那暴脾气的妹妹肯定会把他劈头盖脸地先骂上一顿，说他又忘了给她打电话，说他老是忘；可当电话那头的人开口时，他发现来电的并非内奥米，而是一个男人。一个他听不出是谁的陌生男人，正结结巴巴地向他道歉，说自己迟到了。迟到？迟什么到？鲍姆加特纳问。抄电表，那人说。我本该九点上门的，记得吗？不，鲍姆加特纳不记得，他完全想不起来自己什么时候竟约了电力公司的抄表员在今天九点上门，于是他告诉对方不用担心，他整个白天都会在家。但那个电力公司的人听上去一副年轻稚嫩的样子，似乎生怕他不满意，非要接着向他解释，说自己现在来不及细说迟到的原因，但确实事出有因，非他所能掌控，接着又说他会尽快赶来。行，鲍姆加特纳说，那到时见。他挂断电话，低头看了看自己的右手，烧伤的地方已经开始隐隐作痛。好在他仔细检查了掌心和手指后，并未发现起水疱或脱皮的迹象，只是普通的红肿。还行，他心想，可以接受；但接着，他又用第二人称在心里对自己说，你这头蠢驴，这次算你走运。

他突然想到，现在就该给内奥米打电话，立刻打，这样才能占据主动。可他刚拿起听筒准备拨号，门铃响了。鲍姆加特纳长叹一口气。他只得挂断还响着拨号音的电话，开始往房门走去。从厨房出来时，他没好气地一脚把那口烧焦的锅踢到了一边。

他打开门，发现来的是 UPS[1] 的快递员莫莉，心情顿时明朗起来。莫莉常给他家送包裹，久而久之，她已成了一位……怎么说好呢？说是朋友还算不上，但考虑到过去的五年里，她每周都要上门两三次，他们也算是交情不浅了。事实上，丧偶已近十年、形单影只的鲍姆加特纳，对这个三十五岁上下、身材壮实，甚至连姓什么他都不知道的女人，暗怀着爱慕之情。尽管莫莉是位黑人女性，而他的亡妻安娜不是，可每当他望向莫莉时，她眼中流露出的某种东西总会让他想到安娜，从不例外。至于那东西究竟是什么，他却很难说清。也许

1　UPS 即美国联合包裹服务（United Parcel Service），是世界上最大的快递承运商和包裹运送公司。

那是一种"时刻保持着敏锐"的感觉，但又远不止如此。或者可以将其描述为一种"明亮照人的警醒"之感。又或者说，那就是一种"充满光辉的觉醒自我"所蕴含的能量，一种在情感和思想的交错共舞之下，由内而外散发出的、蓬勃跳动的绚烂活力——大概就是这样一种特质，如果这么说真有人能听懂的话。总之，不管你想怎么称呼安娜身上的那种特质，莫莉身上也有同样的东西。正因如此，鲍姆加特纳养成了一个习惯：他会订购一些自己并不需要，也永远不会打开，最终只会捐给当地公共图书馆的书，只为了能在莫莉每次按响门铃给他送书时，和她共度一两分钟。

早上好，教授，她露出灿烂的笑容说道，仿佛在行祝福礼。你又有一本书到了。

谢谢，莫莉，鲍姆加特纳从她手中接过棕色的小包裹，微笑回应道。你今天过得好吗？

现在下结论还为时尚早。但目前为止，好事多过坏事。在这样一个美好的早晨，心情想不好都难。

开春第一个好天气，也是一年中最好的日子。好好享受这天气吧，莫莉。谁都不知道接下来会怎么样。

可不是嘛，莫莉轻快一笑，附和道。他还没来得及想出一句巧妙或有趣的回应，把对话时间再拖久一点，她已经挥手向他告别，走回自己的货车了。

这是鲍姆加特纳喜欢莫莉的又一个地方：无论他的话有多蹩脚，哪怕是最冷场的言论，那种让人完全没法接的话，她都能笑出声来。

他走回厨房，把那个未拆封的包裹放在一堆同样未拆封的包裹顶上，它们都被堆在靠近餐桌的厨房角落里，里面装的都是书。近来，这座由浅棕色方形包裹垒成的高塔已越堆越高，眼看着只要再来一两个包裹，便能使其整个倾塌。鲍姆加特纳心中暗想，今天要记得抽空把包裹都拆开，将取出的书搬到后门廊那几个相对不那么满的硬纸箱里，里面都是他不想要，并准备捐给图书馆的书。是的，是的，鲍姆加特纳对自己说，我知道上次莫莉来的时候我就答应自己要这么做，上上一次也是，但这次我是认真的。

他看了一眼表，发现已经十点十五了。有些晚了，他心想，但现在给内奥米打电话兴许还来得及，在她对他破口大骂之前，先占据主动。他伸手去抓电话，正准备拿起听筒，那白色的小玩意儿又响了。他再次以为是妹妹打来的，但他又错了。

他含糊地"喂"了一声，接着听到电话那头传来一个颤抖的声音，小到几乎听不清：是鲍姆加特纳先生吗？那人听上去非常稚嫩，并且显然急需帮助，鲍姆加特纳顿时紧张起来，浑身的感官仿佛都开始加速运转。他问对方是谁，那头回答说是罗西塔，他一下就明白了：肯定是弗洛雷斯太太出事了。安娜葬礼的几天后，弗洛雷斯太太便开始给他家做保洁。在过去的九年半里，她每周上门两次，除了拖地、吸尘、洗衣服，还做许多别的家务，这才使他不至于生活在脏乱之中。弗洛雷斯太太是个善良、沉稳、不爱说话和交际的人。她丈夫是一名装修工人，两人育有三个孩子。两个男孩业已成年，最小的女孩罗西塔才十二岁，身材瘦削，有着一双褐色的漂亮眼睛，每年的万圣夜她都会上鲍姆加特纳家来讨要一小袋零食。

怎么了，罗西塔？鲍姆加特纳问。你母亲出什么事了吗？

不，罗西塔说，我母亲没事。是我父亲。

鲍姆加特纳等了好一会儿，女孩强忍的泪水才在一阵短促而又克制的哭泣声中夺眶而出。由于小家伙一直拼命振作，不让自己的情绪彻底失控，她的呼吸已变成了时断时续的喘息和战栗。鲍姆加特纳知道，今天下午弗洛雷斯太太原本要来他家收拾屋子，但她丈夫出事了，她必须去处理这一紧急情况，于是便让正在休春假的女儿给他打电话说明情况。

等女孩的啜泣声平复一些后，鲍姆加特纳才开始继续提问。根据女孩从母亲那里获得的零碎信息（这些信息又是她母亲从其他人那儿听来的），鲍姆加特纳拼凑出了事情的经过：今天上午，弗洛雷斯先生去给一户人家做厨房改造，当时他正在屋主的地下室里用电锯切割木材，这活儿他少说也干过几百次了，可这次不知怎么地，竟把两根右手指给切掉了。

鲍姆加特纳仿佛看见了两根断指掉落在撒满木屑的地板上，鲜血从光秃秃的残肢上流淌而出。他仿佛听见了弗洛雷斯先生的尖叫。

他最终开口道：别担心，罗西塔。我知道这事听起来很吓人，但医生会有办法的。他们可以把你父亲的手指接回去。等你秋天开学时，他就痊愈了。

真的吗？

是的，是真的。我保证。

自从母亲赶往医院后，女孩便一直独自在家担惊受怕，无法自拔，因此鲍姆加特纳又和她多聊了十分钟。在通话的尾声，他终于哄得她发出了近似笑声的回应。挂断电话后，正是这微不足道的一声笑留在了他心里。他几乎可以肯定，这将是他这一天里最重要的成就。

尽管如此，鲍姆加特纳仍深受震撼。他抽出

一把椅子坐下，一边盯着桌上久未擦洗的一圈由咖啡杯留下的黑色污渍，一边在脑中想象事发时的场景。四十八岁的安赫尔·弗洛雷斯，这位经验丰富的老木工，在干一件他多年来成功重复过无数次的活儿时，不知为何竟突然失手了。只是刹那间的疏忽，便导致他身受重创。到底是为什么？是什么分散了他的注意力，让他没能专注于手头的工作？这项工作并不难，前提是要保持专注，否则便非常危险。某位工友当时正好走下楼梯，令他分了神？又或者某个杂念在不经意间钻进了他的脑中？难道是一只苍蝇刚好停在了他的鼻子上？或者是他突然胃痛？还是说，他昨晚喝多了，或是在出门前和妻子吵了一架，或者……他突然想到，也许弗洛雷斯先生正是在他（鲍姆加特纳）的手被锅烫伤的那一刻，切掉了自己的手指。两人都是因为自己的原因而受苦，尽管一个受的苦比另一个大多了，可都——

门铃响了，打断了鲍姆加特纳发散的思绪。见鬼，他慢慢从椅子上起身，往房门口走去时说道，想一个人在这里思考一会儿都不行。

鲍姆加特纳打开前门，发现来的是抄表员：一个身材魁梧、三十岁上下的男人，穿着电力公司的蓝色衬衫制服，左口袋上印着"电力与燃气公共服务公司"的标志，标志正下方用亮黄色绣着这名抄表员的名字：埃德。在鲍姆加特纳看来，埃德的眼神中同时流露着乐观和惶恐。真是奇怪的组合，他心想。当埃德露出怯生生的微笑向他打招呼时，那表情更让人疑惑了——就好像这名抄表员已做好了被拒之门外的准备。为了缓解此人的焦虑，鲍姆加特纳将他请进了屋。

谢谢你，包母·加辣先生，那人进门时说道。非常感谢。

自己的名字被人念错，鲍姆加特纳与其说感到恼火，更多是觉得好笑。于是他说道：要不我们就以名字相称吧？你的名字我已经知道了——埃德。你干脆也别叫我什么先生了，就叫我西，怎么样？

叹息的息吗？埃德说。这算哪门子名字？

不是那个息，是东西的西，这是西摩的简称。西摩这个莫名其妙的名字，是我父母在我出生时起的。我承认，"西"算不上多好的名字，但至少比西摩好。

你也？哈哈。抄表员说。

我也什么？鲍姆加特纳说。

无法摆脱一个自己不喜欢的名字。

"埃德"这名字怎么了？

没什么。让我头疼的，是我的姓。

噢？你姓什么？

帕帕佐普洛斯。

这姓氏咋了？这是个很好的希腊姓氏。

对一个生活在希腊的人来说，或许是。但美国人听了会发笑。我上学的时候，别的孩子都取笑我。几年前，我还在单 A 联赛[1]里担任投手，那时大广播里一喊到我的全名，全场观众就会大笑不止。这让我有了那叫啥来着——自卑情结。

既然它这么困扰你，为什么不干脆改名？

1　单 A 联赛是美国职业棒球体系里的一项低级别联赛。

不能改。改了我父亲会心碎的。

鲍姆加特纳开始觉得烦了。如果不赶紧停下这种漫无边际的闲扯，埃德·帕帕佐普洛斯恐怕很快就要滔滔不绝地向他讲述父亲的整个生平，或者追忆自己在低级别棒球联赛的起起落落。因此，西，也就是西摩，突然改变了话题，问埃德是否愿意去地下室看一眼电表。这时他才知道，今天是这个年轻人第一天上班，而他家楼下的电表将是埃德在经过电力与燃气公共服务公司全面培训后，要抄的第一块电表。埃德同时解释了为什么没能按约定的时间上门：这并非他自己的过错，你要知道，而是因为今天早上（他上班的第一天早上！），一帮老资历的抄表员同事耍了他一顿。他们把他小货车的油箱清空了，只给他留了刚够跑半英里[1]的油。他的车因此在交通高峰期拥挤的马路上熄火了，这才导致了这次令人难堪的迟到。他说他非常抱歉给鲍姆加特纳带来了不便。如果在出发执行任务前，他能多个心眼检查一下燃油表，也就不会迟到了。

1　1 英里约合 1.61 千米。

可那帮讨厌的家伙非要给他整这么一出恶作剧，就因为他是新人，他们想看他因此被主管痛骂一顿。再犯一次这样的错，他将被留用察看。若有第三次，他可能就要卷铺盖走人了。

此时，鲍姆加特纳已经快失声尖叫了。他在心里嘀咕，这个四肢发达、喋喋不休的家伙是从哪儿冒出来的？如何才能让这些说不完的废话停下？可他虽已愈发不耐烦，却又不禁有些同情这个好脾气的傻大个。因此，他强忍住了扯开嗓门大喊的冲动，只发出一声轻得几乎听不见的叹息，开始朝通往地下室的门走去。

就在下面，他说，在左手边的后墙上。可当他按下地下室的电灯开关时，灯却没有亮。该死，鲍姆加特纳努力保持着克制，就像小罗西塔先前在电话里忍住不哭那样，说道，下面的灯泡肯定烧坏了。

没关系，埃德说。我有手电筒。这是标准配置，你懂的。

好。我相信你肯定能找到电表。

也许能，也许不能，这名新手抄表员说。你不介意带我下去，给我指一下电表的位置吧？就这一次，免得我再浪费你更多时间。

鲍姆加特纳突然想到，埃德·帕帕佐普洛斯可能怕黑，也可能只是害怕漆黑的地下室，特别是像他家这样的老房子的地下室：横梁上挂着蜘蛛网，地板上爬着大虫子，天晓得去抄电表的途中还有什么看不见的东西挡路。因此，尽管鲍姆加特纳确信，自己的脚只要一沾到最后一级阶梯，内奥米打来的电话就会响起，他还是勉强同意下去带路。

通往地下室的楼梯年久失修，摇摇晃晃的。多年来，鲍姆加特纳曾下过无数次决心，要将它整修一番，但正如他下决心要做的许多事那样，至今没有兑现。因为只有在走下那段楼梯的时候，他才会想起这件事，一旦再次上楼把门关好，他便会忘得一干二净。此刻，当鲍姆加特纳小心翼翼地扶着已经开裂的楼梯扶手时，他的头顶没有灯光照明，唯一能依靠的光源是身后埃德的手电筒。可他刚一用力抓紧扶手，被烫伤的手掌和手指便像被一千根无形的针扎了一样——那感觉仿佛手又被烫了一次。他赶紧收回手，又因为左边没有扶手，此时他已没有可以抓紧的东西，但他自信在这栋房子里生活了这么多年，已足够熟悉这段楼梯。于是他冒失地向下迈了一步，却踏空了半英寸[1]，在黑暗中失去平衡，滚下了楼梯，一只胳膊肘撞在了地上，接着是另一只，最后他的右膝盖狠狠砸到了水泥硬地板上。

这天上午，鲍姆加特纳第二次痛得叫出声来。

他蜷缩着身体，在湿冷的地板上扭动，惨叫声逐渐消解成了一阵阵绵长的呻吟。他根本不知道自己的四肢在扭动，但他知道自己还清醒着，因为有许多不连贯的想法正在他脑中四处跳动，尽管在他看来那些想法模糊不清、难以理解，可能算不上是真正的想法，而只能被归为"准想法"或"非想法"。不过，除了两只胳膊肘和右膝很痛，他的头部似乎并不痛，这表明他跌下楼梯时，颅骨并未遭受严重的撞击；也就是说，不管怎样，这次事故不

1　1英寸约合 2.54 厘米。

会让他变成一个流着口水、满嘴胡话、等着进棺材的白痴。然而没过多久，当埃德站在他跟前，拿手电筒往他脸上照时，鲍姆加特纳发现自己说不出话来。他本想让他把灯光往别处打，可当他举起右手挡着眼睛时，却只能再次发出痛苦的呻吟。无法清楚地说出自己的想法，这令他感到不安，甚至恐惧。这至少表明，他的大脑依然处在紊乱之中，如果不是永久损伤的话。也有可能，他的大脑只是因为其他多个部位的疼痛，还没有缓过来。他的右胳膊肘尤其痛，在他刚才抬起手挡住眼睛时，痛得就像着火了一样。而他举起的那只手，正是今早被烫伤过的右手，现在依然痛得厉害。显然，这是因为在跌下楼梯的最后阶段，在撞到底下的水泥地面的那一刻，他伸出双手去抵了一下，尽管他对此毫无印象。

我的天呐，埃德说。你还好吗？

鲍姆加特纳缓了很久，终于设法挤出了几个字。难说，他说道。虽然庆幸自己没有丧失说话的能力，但浑身的剧痛让他还无法为胜利欢呼。至少我还没死，他接着说。我想这算是好消息吧。

当然算，抄表员回道，这可是天大的好消息。不过，西，请告诉我，你哪里痛？

鲍姆加特纳逐一指出身上受伤的部位，这时，埃德扮演起了专业运动伤害防护师的角色，仔细检查着他受损的每一处肌肉、肌腱和骨头，评估它们潜在的伤情。检查完毕后，他问鲍姆加特纳是否能在他的搀扶下站起来并走上楼梯。

试试吧，鲍姆加特纳说。如果我办不到，我们很快就会知道的。

于是，埃德·帕帕佐普洛斯，这个来鲍姆加特纳家还不到十分钟的陌生人，一边用左手拿着手电筒，一边用右手将老人从地上抬起。他的右臂牢牢抱住老人的肋骨和身躯，开始搀着他费力地爬上那段狭窄、摇晃的楼梯。鲍姆加特纳发现，自己浑身上下痛得最厉害的地方是右膝盖，只要右脚一发力站着，就痛得让人哀号，堪比四十只山猫发出的凄厉叫声。尽管如此，出于对埃德悉心照顾的感激，加上他那壮实可靠的臂膀的鼓舞，鲍姆加特纳决心不再抱怨，而是尽自己所能，以坚忍的沉默把哀号咽下肚子。因此，当埃德开始讲述自己四年前遭遇的膝伤，说那次半月板撕裂的伤势如何让他缺席了大半个赛季，并最终毁了他的投手生涯时，鲍姆加特纳保持了沉默，只是偶尔哼上一声。埃德又接着说，伤愈复出后，他再也投不出势大力沉的快球和变幻莫测的曲线球，事已至此，他说，拜拜查理，一切已成过去。哪怕这时，鲍姆加特纳也没有开口说话或高声抱怨。鲍姆加特纳花了整整四分钟才爬上楼梯，全程被困在这名前投手关于破碎的梦想以及从未喝到的咖啡的冗长故事里，可他并未记恨埃德，而是紧紧抓着这名抄表员的话语，将其当作忘记疼痛的救命稻草，尽管它无趣，却也令人愉快。

两人上楼以后，鲍姆加特纳又在埃德的帮助下，一瘸一拐地走进了客厅。他的守护者小心翼翼地将他扶到沙发上躺下，又拿了一对绣花枕头给他支撑头部。得给你的膝盖敷点冰块，年轻人说道。鲍姆加特纳还没来得及说冰箱的制冰功能坏了，埃德便已经走远。鲍姆加特纳听见冰箱冷冻室的门被打开又关上。不一会儿，埃德回来了，看上去一脸疑惑和失望。没有冰块，他说，语气可怜得就像一个孩子刚发现圣诞老人并不存在，像一个寻找上帝的少年刚发现没有上帝，像一个将死之人刚发现已没有明天。

不用担心，鲍姆加特纳说，我会没事的。

这可不好说，抄表员回道。你看上去伤得不轻，西。你现在头发乱糟糟的，裤子也脏兮兮的。我们可能得送你去医院照一下 X 光，确保没有哪里摔坏了。

别说了，鲍姆加特纳道。不去医院，不照 X 光。我休息一会儿，自己缓一缓就行。我很快就没事了。

行吧，随便你，埃德说，一边打量着他的病人，一边开动脑筋想着什么。至少让我给你拿杯水，行吗？

谢谢。那再好不过了。

一分半钟后，正当鲍姆加特纳喝水的时候，

埃德突然在地板上坐下，向鲍姆加特纳凑去，直到两人的脸几乎都要碰到了。告诉我，西，他问道，今年是哪一年？

鲍姆加特纳喝水喝到一半停了下来，在咽下口中的水后，说道：这算哪门子问题？

你就配合我一下，西。今年是哪一年？

好，那我们来看看。首先排除掉一九〇六年和一六八七年，一七七七年和一九四四年也可以排除，那今年想必是二〇一八年。怎么样？够接近吗？

埃德笑了笑，说道：完全正确。

满意了？

再来两三个问题，你就当打发时间。

鲍姆加特纳恼火地长叹一口气，寻思是该给埃德的鼻子上来一拳，还是出于礼貌配合他。他闭上眼，在坏脾气老头和绝世大圣人的十字路口停下想了想，最终说道，行吧，医生。下一个问题。

我们在哪儿？

在哪儿？当然是在这里，我们一直在这里——

从我们出生，直到我们死去，谁都无法逃脱自己的所在之地。

是这么个道理，不过我主要问的是哪个城镇。你我二人此刻在地图上的定位。

好吧，那样的话，我们就是在普林斯顿，没错吧？准确地说，是新泽西州的普林斯顿。在我看来，这是个美丽但无趣的地方，不过这只是我个人的看法。你怎么看？

我不知道。我以前从没来过这儿。我觉得这地方挺美的，但我不像你那样长期生活在这里，所以我也不好说。

鲍姆加特纳本想在接下来的问答中继续戏弄埃德，但又于心不忍。任何想嘲弄他的冲动，都抵不过这个年轻人的友善。简短的问答环节过后，抄表员确信，他的病人没有脑震荡，也没有其他会危及生命的症状。于是鲍姆加特纳对他说，自己已经占用了他够多的时间，他该出发去执行未完成的工作任务了，抓紧时间，今天还有别家的电表要抄呢。这时埃德突然反应过来，鲍姆加特纳摔下楼梯后，他在忙乱之中竟把抄表的事给忘了。于是他赶紧抓起手电筒，匆匆离开了房间，去完成他作为电力与燃气公共服务公司正式员工的第一件工作。

鲍姆加特纳一边听着靴子踏在地下室楼梯上的沉重脚步声，一边回想这天上午的一系列意外状况。正是这些状况，导致他此刻带着一对火辣辣的胳膊肘和一个又肿又痛的右膝盖躺在沙发上。右膝的伤势无疑会让他在接下来的几个星期里走路一瘸一拐，也可能他要瘸到夏末，甚至余生都好不了。没有办法啊，他对自己说。接着，他又想起可怜的弗洛雷斯先生，想到让他掉了两根手指的可怕事故。眼睁睁看着自己的指头被从手上切落，该是多么可怕啊，鲍姆加特纳心想，更何况他还要面对这样一个事实，即这一切都是他自己造成的。鲍姆加特纳听说，现在的医生对于缝合断指并使其恢复正常机能，早已驾轻就熟，但他并不认识任何亲身经历过这种神奇修复术的人。他曾向罗西塔保证，说她父亲最终会痊愈。他希望自己当时并没有骗她，因为人绝不能欺骗孩子，绝对不行，在任何情况下都不可以，尽管在面对成人时，有时可以破例。

至此，他已经将在写的关于克尔凯郭尔的书，以及他为了完成其中某个句子而本打算拿上楼的那本书，都抛在脑后了。他也忘了要给妹妹打电话，甚至想不起来自己还有个妹妹。这些原本紧要的事，在一上午发生了那么多事后，已仿佛另一个人的生活那般遥远。此时此刻，他只想继续休息一会儿，等埃德抄完楼下的电表回来，对他表示感谢，然后和他告别。他闭上眼睛，在接下来的一两分钟里，他的思绪继续四处飘散，但不久思绪便消失了，他什么都不再想，取而代之的是持续不断的梦中画面，大部分是安娜年轻时的画面，一个接一个，他看见安娜向他微笑，向他皱眉，看见她在某个房间里旋转，在某把椅子上坐下，看见她踮着脚尖向着天花板张开双臂。

他醒来时，流淌进屋里的光线表明，已经过去好一段时间了。他本以为自己只睡了十几分钟，看表时却发现已经十二点五十了。这意味着他已经昏睡了四十五分钟，甚至一个小时。他瞥了一眼右手边的茶几，只见一摞书上面放了一张手写的字条。他得伸展右臂，才能用指尖夹起字条来看，而这将进一步考验他的肘部伤势。算了，管他呢，勇敢一点，伸手就是。于是鲍姆加特纳伸出了右手，尽管肘部仍然疼痛，但还不算太糟，使劲哀号一声也就过去了。

亲爱的西，我上楼时你已经睡着了。为了不打扰你，我就先走了。等我忙完工作，会去商店给你买一袋冰块，那将有助于给膝盖消肿。我还会给你的地下室换一只新灯泡。我大概会在六点到六点半之间上门。你真诚的朋友，埃德·帕帕佐普洛斯。

真想不到，鲍姆加特纳暗自感叹道，一个彻头彻尾的陌生人，竟要特意帮他做这一切。在这个充满白痴和自私的野蛮人的世界上，竟有这么一个仁慈天使般单纯善良的人。是的，冰敷肯定会有帮助，因为他的右膝现在一碰就痛，膝盖骨周边的皮肉已经肿了，就像一团被血液和受损的组织充满的海绵。

鲍姆加特纳告诉自己，要记得给埃德所在公司的领导打电话，把他们团队这位优秀的新人热情称赞一番。

一楼唯一的电话在厨房里，就在鲍姆加特纳想到要去厨房时，他意识到自己饿了。他决定，如果真能走那么远，到时除了要给电力公司的人打电话外，还要给自己做一顿简易的午餐。

翻身下沙发没有他想象的那么艰难，但他发现站着很痛苦，迈出右脚也是，特别是当他的右脚落地时。小声哀号能让他好受一些，但作用不大。用左腿跳着走或许是理想的解决办法，但他又怕自己会摔倒，尽管他也曾是一名运动健将。年轻时，他一度是学校里最优秀的运动员之一，但那已不知过去多少年了，细想起来，简直像是上辈子的事。鲍姆加特纳明白，要冒这样的风险，即便只是想想也很愚蠢，哪怕他曾经能一边用右手抓着左脚，一边让右腿从左腿上跳过去。这一绝技曾让他的朋友们惊叹不已，女孩子看了都倒吸一口气，因为只有他能完成这一荒唐的动作。但今非昔比了，他对自己说，现在他别无选择，只能小心翼翼地迈着缓慢的脚步，一边唉声叹气，一边一瘸一拐地往厨房走去，同时祈祷自己在抵达终点前不会倒下。

他差点倒下，但没有倒下；他差点到不了厨房，但还是到了。他刚抵达终点，就已筋疲力尽，扑通一下坐到了餐桌旁摆着的其中一把椅子上。不用说，那是离他刚迈进的厨房门最近的一把椅子，但也是唯一朝着窗户，坐在上面能看到整个后院的椅子。不仅如此，只要稍一扭头，他便能看见厨房的每一个角落。但刚才的一番折腾已让他心力交瘁，不停喘着粗气，他知道自己还要缓上半天，才能再次站起身来，迈上从椅子走到橱柜，接着路过冰箱、灶台和水槽，最终抵达壁挂电话旁的漫漫征程。此刻，他只能先坐着，因疼痛和疲惫而头脑昏沉，顾不上自己在朝哪儿看，看到了什么，或者能否看到什么。说来也巧，他在椅子上坐下时，刚好面对着厨房，于是，在呼吸逐渐趋于平稳后，他开始将目光投向房间的各个角落，最终看到了地板上那口烧焦的锅。那是今天所有不幸的开始，他对自己说，正是它导致了后面一个接一个的不幸。可在盯着厨房远端那口焦黑的铝锅看了一会儿后，他的思绪慢慢从今早的那些倒霉事飘向了过去，飘向在他记忆边缘摇曳的遥远过去。那些失落已久的往事，此时被一点一点唤醒。他看见自己二十岁时那具尚显稚嫩的身体，正大步流星地迈进九月下旬的午后阳光中。那时他还是曼哈顿上西区北部一名生活拮据的研一学生，要出门为自己的单身公寓添置些东西——那是他长这么大第一次住单身公寓。他走进阿姆斯特丹大道上的那家善意商店[1]，准备给他那小得不能再小的厨房买一橱柜的廉价二手厨具。那家店装修简陋，店内物品凌乱地摆放着，墙壁已经泛黄，荧光灯也很昏暗，但正是在那里，他第一次见到了安娜，那个有着仿佛能洞察一切的明亮双眸的女孩。那时她不过十八岁，也在附近上大学。他们并未交换任何言语，只是朝彼此的方向瞥了两眼，暗自打量对方，揣摩着如果两人之间开始

1　善意商店（Goodwill Store）是美国的慈善商店品牌，常以低廉的价格售卖二手物品。

发生点什么的话，会发生和不会发生的事都有哪些利弊。她微微一笑，他也微微一笑，但仅此而已。接着她便离开了，走进了九月的午后阳光中，留下他这个窝囊废，像傻瓜一样站着——他现在仍是这样一个傻瓜——最后他花十美分买了口破铝锅，这么多年来，这口铝锅一直陪伴着他，直到今早终于彻底报废。

他再次遇见她，已是八个月后的事了，可他显然还记得她，而她竟不知为何也还记得他。然后一切就这样开始了，慢慢地，一点点地开始了。五年后，他们结了婚，他的人生自此才开始变得真切。这样的生活一直持续到九年前的那个夏天，那天她冲进科德角的海浪之中，却被一道突如其来的猛烈巨浪折断了脊椎，并最终因此丧命；从那天下午以后，从那以后——不，鲍姆加特纳对自己说，你现在不能去想这件事，你这个可怜的杂种，振作起来。你这该死的家伙，把目光从铝锅上移开，不然我会亲手掐死你。

于是，鲍姆加特纳不再盯着地上的铝锅，而

是把目光转向了后院。所谓后院，不过是一小片疏于打理的草地，和仅有的一棵山茱萸树。这棵树还没开花，但已冒出了一些嫩芽。嘿，看那儿，他对自己说，一只知更鸟落在了草地上，显然是在找虫子吃。瞧，它找到了一只，只见它用喙把虫子从土里叼出，"啪"的一下将其摔到草地上，接着四处蹦跶了一会儿，东看看，西看看，然后突然再次向虫子猛扑过去，用喙夹起它使劲摇晃，直到咬下一小块虫子肉，然后"啪"的一下再次将其摔到地上，又蹦跶了一小会儿，这才最后一次低下头，叼起虫子，一口将其吞下。

鲍姆加特纳就这样目不转睛地看着这只知更鸟不断捉着虫子，将它们一一吞下。在他家后院的地下，藏着许多这样的虫子，远比他一开始想象的要多。他看着知更鸟从土里一只接着一只地叼出虫子来，没过多久，他开始好奇虫子是什么味道，好奇把一只蠕动着的虫子活生生吞进嘴里是什么感觉。

二

　　此时已是六月，鲍姆加特纳写完了他那本关于克尔凯郭尔的小书，受伤的膝盖也几乎不再痛了。他最近在研究一个新的身心难题，即所谓的"幻肢综合征"。他怀疑这个想法是在四月份，也就是罗西塔跟他讲她父亲的电锯事故时埋下的。尽管她当时所知不多，没能向他提供任何细节，但他自己填补了缺失的信息，并在之后的数小时里反复回想那血腥的一幕，以至于他就像亲眼看见了电锯切下手指的画面。万幸的是，当天上午，弗洛雷斯先生的两根断指便被接回去了。鲍姆加特纳后来了解到，在永久截肢的情况下，几乎所有患者都会感到断肢依然与身体相连。这种情况会持续数年，并常伴有剧痛、瘙痒和不自主的痉挛。此外，他们还会感到断肢萎缩，或被扭曲成了极痛苦的姿势。鲍姆加特纳以他一贯的勤奋精神，埋头钻研起与此有关的医学文献，阅读了米切尔、萨克斯、梅尔扎克、庞斯、赫尔、拉马钱德兰、科林斯、巴尔班和其他众多学者的研究。但他知道，自己真正感兴趣的，并非该综合征在生物学或神经学层面的意义，而更多是将其作为一个隐喻，来解释人类遭遇的痛苦与失丧。

自十年前安娜突发意外去世后，鲍姆加特纳便一直在寻找这样的隐喻，一个最有说服力的隐喻，来描述自二〇〇八年八月那个多风而又炎热的下午以来，发生在他身上的事。正是在那个下午，众神决定把他那仍充满青春活力的妻子从他身边偷走。他的四肢就这么猛然被从身上扯掉，胳膊和腿同时被扯掉。如果说他的脑袋和心脏在那场袭击中幸免于难，也只是因为心理扭曲、暗自窃笑的众神给了他不光彩的独活于世的权利。他现在是一个残缺之人，一个只剩一半的人，缺失了让他完整的另一半。是的，他的断肢还在，还会痛，痛到他有时觉得，自己的身体即将燃起大火，将他当场吞噬。

最初的六个月里，他一直倍感迷茫，有时，他在早晨醒来，甚至会忘记安娜已经死了。以前，她总是比他早起，在他最终睁眼之前，她往往已经起床至少四十分钟或一个小时了。因此他习惯了爬下空荡荡的床，在半梦半醒间走进空荡荡的厨房，给自己做上一杯咖啡。这时，他常会隐约听见她敲击打字机的声音，那是从一楼另一头的小房间里传来的。有时他则会听见她在楼上的某个房间里走动的声音。如果一点声响都没有，则意味着她在看书，或正眺望窗外，或在别处做着某件安静的事。这就解释了为何那些离奇的失忆事件总发生在清晨，因为那时他的意识尚未完全清醒，仍被过去的习惯（他与安娜共同生活了一辈子所养成的习惯）左右，做什么都昏昏沉沉的。安娜的葬礼仅过去十天后，他就遇到过这种情况。那天早晨，他端着一杯冒着热气的咖啡，在厨房的一把椅子上坐下，随后目光落在了桌上胡乱摆放的一堆杂志上。那些杂志摊开着，其中有一页格外显眼。他看了一眼，发现是《纽约书评》上的一篇文章，标题是"何为天气"。文章评论的是一本叫《世界之水》的书，书的作者叫萨拉·德赖。

《世界之水》，作者萨拉·"干旱"[1]！

这个孩子气的对称组合是如此出人意料，又是如此简单粗暴，以至于鲍姆加特纳不禁哈哈一笑，拍着桌子站起身来。

安娜，快来看看这个，他说着开始往客厅走去。你会笑得尿裤子的。

打字机没响，楼上也没有传来走动的声音，因此他猜她一定是在客厅，正捧着一本书蜷缩在沙发上，右手攥着一支铅笔，用来标记她感兴趣的段落。不用铅笔的时候，她会漫不经心地咬着铅笔另一头带金属圈的粉色小橡皮。他一边想象着这些画面，一边迷迷糊糊地去找她，可他刚走进空荡荡的客厅，就想起来了。他的思绪一下回到了十天前的葬礼上，当时他和其他人一起站在敞开的坟墓旁，那天的风很大，热带风暴正铆足了劲向海岸袭来，狂风突然卷起他妹妹头上的黑色帽子，让它像一只

1　德赖（Dry）本意为"干旱、干燥"。

疯鸟般旋转着在天上乱飞，直到它最终挂在了一棵树的树枝上。

哀伤心理咨询师对他说：你还处于麻木中，还未接受发生在你身上的事。

事情并非发生在我身上，鲍姆加特纳说，而是发生在安娜身上。她因此失去了生命。我见到了海滩上的尸体，我曾把她的尸体抱在怀里，所以我已经完全接受了发生在她身上的事。令我恼火的是，尽管当时风势已起，海浪已开始汹涌着向岸边拍来，可她非要再下最后一次水。我说时候不早了，我们该回屋了，她却只是笑了笑，向海浪冲去。安娜就是这样，想做什么就去做，从不听人劝。她是个充满激情和冲动的人，更何况游泳本来就是她的强项。

你很自责，咨询师说道。在我看来，你的话似乎是这个意思。

不，我并不自责。就算我当时再坚持，也无济于事。她不是一个任人摆布或可以对其发号施令的人。她是个成年人，不是孩子，作为一个成年人，她决定回到海里，对此我无能为力。我无权制止。

如果不是自责，那就是后悔，甚至悔恨。

不，都不是。我从你的表情能看出来，你觉得我在抗拒你，但我并没有。只是我们要先弄清基本情况，然后才能深入去谈。是的，要是当初她没有回到海里，现在还会活着。但如果我在她想下水时制止了她，或者做了类似的事，我们的婚姻不会维持三十多年。人生充满危险，玛丽昂，意外随时可能来临。你清楚这点，我也清楚，所有人都清楚——如果有谁不清楚，那他就没有认真生活过。没有认真生活，就不是真正地活着。

此时此刻，你心里什么感受？

悲哀，痛苦，支离破碎。

换句话说，你感到疏离，不再是原来的自己。

我想是吧。但就我对自己现状的了解，我确实没有同情自己，也并未沉溺于自我怜悯，或向上天抱怨：凭什么是我？凭什么就不能是我呢？人都会死。有人早死，有人晚死，有人五十八岁时死。

我很想念她，仅此而已。她是这个世上我唯一爱过的人，而现在，我必须想办法在没有她的情况下，继续活下去。

十年前的那个夜晚，在他和哀伤心理咨询师玛丽昂的第一次也是最后一次谈话后，鲍姆加特纳走进安娜位于一楼的小书房，花了数小时翻阅她的作品和手稿。书橱里塞满了她在过去二十五年里出版的至少十五六本译著的草稿和校样，一直从地板堆到他下巴那么高。这些作品里小说和诗集差不多各占一半，其中大部分译自法语和西班牙语，还有两本译自葡萄牙语。这些都是他读过两三遍，并已非常熟悉的作品。因此，他合上书橱门，向小书房角落的那个文件柜走去。在四个又大又深的抽屉里，装着她完成度不一的原创作品：一摞厚厚的诗作（涵盖了她从高中时期一直到溺亡三周前的作品）、两部夭折的长篇小说的手改稿、几篇短篇小说、十来篇书评，还有一个不大不小的盒子，孤零零地躺在最底层的抽屉里，里面装着她的自传性作品。鲍姆加特纳把盒子拿到她的书桌上，在她的椅子上坐下，然后打开了盒盖。最上面的那篇文章看上去有些年头了，因为用来固定它的回形针已经生锈了。这可能是她在婚后不久写下的作品，也可能比那还要早。他捧起那篇文章，开始读起来。

弗朗基·博伊尔

在童年早期（五到八岁的小不点时期），我最爱的运动是棒球。那时我和一帮男孩子一起玩——我是靠着把他们的老大马文·豪厄尔斯的鼻子打出血，才得以加入他们的。在赢得这帮家伙的尊重，并被允许参加放学后和周末的街头棒球赛后，我证明了自己并不比任何人差，甚至比大部分人要好。作为一个假小子，我曾有一段光辉岁月，那时我跑得比所有人都快，不管分到哪个队，我都能锁定中外野手[1]的位置。除了腿脚灵活，我

1　棒球比赛里的中外野手（center fielder）守备范围较大，通常会由脚程快、接球判断力好的选手担任。

的臂力也相当不错，可以像男孩那样投球。虽然我还不够强壮，击球力度有限，但仍打出了一记接一记的一垒安打，偶尔还能轰出二垒安打。我很少有不上垒的时候，因此总会在弯曲比分[1]局里成为第一棒击球手和攻势发起人。可到我们九岁时，命运给了我第一记无情的耳光。此时我们已到了能加入少年棒球联盟的年纪，这是我们在公园和私家后院打了几年临时比赛后，第一次有机会参与有组织的棒球赛，进入一个光明的新世界：正规的场地、队服、教练、裁判和观众看台，一个缩小版的成人棒球联赛。可依据一项陈腐不堪却没能来得及在我需要时废除的规定，少年棒球联盟只允许男孩加入。就这样，那名健步如飞、能把球击向球场各个角落的中外野手，被禁止进入那片神奇之地，她那短暂的棒球生涯也随之结束。

那时人们总爱说，多大点事。但这件事

---

1 弯曲比分（crooked-number）指球队在一局比赛中得到两分或更多。

让我深受打击，并断断续续为此生了大半年的闷气，远比我本该为此生气的时间要长。我唯一的安慰来自小学体育课，这门课是男女混上的，要一直上到小学毕业，也就是我们十一二岁的时候。在男女混合的垒球和躲避球比赛里，我仍能打败穿着洁白的少棒联盟制服、毛都还没长齐的天选之子们，这些幸运男孩此时已与我反目，铁了心要证明我确实是个毫无价值的女流之辈。当我在左中外野截获他们的平直球，让他们势在必得的安打泡汤时，那感觉别提有多棒了。但更棒的是一边冷静地把球抛回内野，一边看着他们震惊、愤怒乃至绝望地摊手。碰上雨天，或者冬天的室内躲避球比赛时，我特别喜欢把球往他们脸上砸，又准又狠，有一次甚至把马文·豪厄尔斯的鼻子砸得鲜血直流。是的，就是以前鼻子曾被我打出血的那个马文·豪厄尔斯。我最爱也最享受的，是下午三点放学后在操场进行的六十码冲刺[1]赛，我会和任何敢向我挑战的男生单挑，其余的男生则会在一旁观战。头两年里，我一次都没输过，这些胜利让我以为自己的速度优势会永远保持下去。可就在第三年，弗朗基·博伊尔出现了，这位身材清瘦、头脑聪明、充满活力的小绅士，有着无可挑剔的人品，也是班上唯一没有与我反目，并仍和我做朋友的男生。虽然我之前赢过他两次，但弗朗基在刚过去的那个夏天突然猛长，我们六年级开学时，这个曾比我稍矮些的男孩，已经比我高出了三四英寸。九月开学的两天后，一个明媚的下午，我们来到操场上，那群男生照例在一旁为他们的代表摇旗呐喊，但这一次，我输了，输得明明白白。在跨出第七或第八步时，弗朗基·博伊尔便超过了我，接着一路扩大领先优势，到比赛结束时，他已远远把我甩在了身后。我可以肯定，最后我

1　棒球选手体能测试中常测的项目，1 码约为 0.91 米。

比他慢了至少一整秒的时间。我记得人群开始欢庆，接着便是一连串对我的恶毒羞辱，比如一声"过气，过气"，接着一声"贱人断气"。但弗朗基·博伊尔特别值得称赞的一点在于，他是个极富同情心的人，因此他没有在欢呼声中停留，而是把一只手搭在我的肩膀上（这是第一次有男孩这么做），带我离开了操场。他一边和我并排走着，一边轻声对我解释，说这场较量并不公平，因为他现在比我高大、强壮太多了，如果说我还是一名次中量级拳手的话，那他已变成了一名重量级拳手。有谁听说过次中量级拳手击倒重量级拳手的事？他接着说，但在同等体重下，我是全校跑得最快的人，也是整个新泽西州跑得最快的女生。等我到了可以参加美国国家队选拔的年纪，如果我要备战奥运会，他可以做我的教练，把我训练得迅猛无比，我将以创世界纪录的成绩夺得金牌。这或许是我听过的最动听的话，但我知道输了就是输了。我还知道，那天操场上的失利只是之后更多失利的预演。我没有枯坐着，为自己不复当年之勇而长吁短叹，而是默默退出了与男生的冲刺比赛，去寻找新的活动，来满足我对运动的渴望。似乎只有定期进行剧烈运动，才能满足我那躁动不安的身体，于是我一头扎进所有的周末派对里，发了疯似的摇头晃脑、舞动身体，直到舞池中只剩下我一人。或者，我会纵身跃入泳池、湖泊或大海，畅游在一种"澎湃的孤独"中，什么都不想，只专注于四肢的一次又一次摆动，让思想彻底放空，在恍惚之中与自我分离，与水合为一体。我穿着连体泳衣，独自在失重中遨游。平坦的胸脯开始发胀，预示着将要到来的变化。怪异的世界在我周围转动，但一切都无关紧要。

　　至于那个可爱的弗朗基·博伊尔，从他搂着我的肩膀带我离开学校的那一刻起，便俘获了我的心。让我陷落的，是他搭在我肩上的那只手，以及他的身体触碰我的身体时，在我体内涌过的电流。他的手臂稳稳地压在我的背上，他的手紧紧地扣在我的肩头，在这个过程中，那种触电的感觉从未中断。为了让我振作起来，他还说了那些安慰人心的荒唐话，帮我挺过六十码冲刺之王的宝座被夺走的打击，同时捧我为所有距离跑的女王。不仅在那天下午，在整个六年级期间我都爱着他。不过他的父母很严厉，不允许他参加任何周末派对，因此极大限制了我们独处的机会。我们渴望能激情拥吻，但周围总有别的孩子在，因此放纵的机会寥寥，最终不过三四次。那个学年结束后，我们从小学毕业，经过一个夏天的分别，我和班上大部分同学在秋天一起升入了公立初中，但弗朗基却不在其中。他父母送他去了天主教学校，更糟的是，那所学校远在几个镇子之外的南奥兰治。"痛苦圣母"，这想必是有史以来最糟糕的校名，尽管它贴切地表达了我在接到弗朗基的电话，被告知这一消息时的痛苦。那年九月，我们又通了几次别扭的电话，但除了哀叹生活灰暗、让人看不到希望，彼此已没有太多可说的。那时我们都只是孩子，又远离了对方的日常生活，因此电话往来也渐渐断了。

此后，我们有几年没有联系，直到高三的某一天，他又出现了。那时，他刚开始每周六上午和周日下午去他父亲位于镇郊的加油站工作，那天他就站在加油站门外，已是十七岁的他身材高大、肩膀宽阔、面色温柔，一如从前。我们重拾起中断的友谊，仿佛过去的四年半不过是钟声嘀嗒了十四下，这听起来很奇怪，但一点也不奇怪。诚然，那时我已和许多男生接过吻，并已失去童贞，弗朗基也很好心地在我们重逢的那天早上便给我看了他女友的照片，说这是他决心要娶的人，借此非常得体地向我表明他已非自由身。但他仍像当初那样光芒四射，我心里最柔软的地方也依然被他占据。因此，在周末顺路去找他时，我总会和他开一些暧昧的玩笑，而他也总是有来有往。我叫他"闪电"（来自老二垒手弗朗基·弗里施[1]的绰号"福特汉姆闪电"），他叫我"红毛"（因为我长着红褐色的头发）。这是童年玩伴之间的瞎胡闹，但我们乐在其中，因为严格来说我们已不是孩子，我们正迅速长大。

弗朗基在博伊尔汽车加油与维修站的工作并不繁重，主要是擦挡风玻璃，给油箱加油，检查油压表和轮胎气压等。我们重逢后的那个春天，我并未经常去找他，大概两三周去一次吧，但我总会尽量在他快下班时出现，这样一来，如果他那天下班后没有别的安排，我们就能开着我妈妈的车四处转转，聊聊天。我不太记得我们具体聊了些什么，但能回忆起一些片段，比如阿尔贝·加缪、

---

1 弗朗基·弗里施（Frankie Frisch，1897—1973），美国职业棒球运动员，在福特汉姆大学就读期间，因其跑动速度极快获得"福特汉姆闪电"的绰号。

披头士乐队与滚石乐队的比较，以及以色列的六日战争[1]。尽管弗朗基来自一个强硬的保守派家庭，父亲是一名参加过安齐奥战役[2]并一心支持越战的退伍军人，但他和我一样反对越战，而这也成为我们之间另一个惺惺相惜的地方。

那时年轻人的日子很难过，特别是对一个即将年满十八岁、临近高中毕业的男生来说。一九六七年下半年和一九六八年上半年，国内大后方的局势已陷入混乱，征兵部门全速运转，吸纳数以万计尚处在青春期的男孩入伍，将他们运往遥远的热带丛林，去打一场他们无法理解的战争。那时我们高四[3]，一个正在利文斯顿高中苦读，另一个则在西顿霍尔预备学校学习。一九六八年初的几个月

1 即第三次中东战争，1967 年 6 月 5 日在以色列国和毗邻的埃及、叙利亚及约旦等阿拉伯国家之间爆发，共持续了六天，最终以色列获胜并扩大了领土。

2 安齐奥战役是第二次世界大战期间，盟军在意大利中部的安齐奥与内图诺地区发起的一次两栖登陆行动。

3 美国高中一般为四年。

里，先是约翰逊[1]宣布不再竞选连任，接着马丁·路德·金在孟菲斯被枪杀，全国数十座城市陷入暴乱，仿佛嫌这一切还不够乱，弗朗基当时已交往三年的女友（叫玛丽·埃伦什么的）在五月份决定和他分手，说他已不再是她当初爱上的男孩，而是成了一个阴沉、无聊之人。不仅如此，他和父亲之间的争吵也愈发激烈。父亲因为他的反战立场，开始骂他是懦夫、共产主义分子，并说如果他不改过自新，还这么不识时务，自己无论如何都不会给他出上大学的钱。正是在这样的动荡时期，从博比·肯尼迪[2]遇刺身亡，到我们高中毕业前的那几个星期，弗朗基和我紧紧抓住对方，开启了一段露水情缘。我们开着我妈妈的别克轿车，一直去到南山自然保护区的密林深处，一个连猫头鹰都找不到的地

1　指第 36 任美国总统林登·约翰逊（Lyndon Johnson，1908—1973）。

2　即罗伯特·肯尼迪（Robert Kennedy，1925—1968），第 35 任美国总统约翰·肯尼迪的弟弟，跟哥哥一样因刺杀身亡。

方，然后脱得一丝不挂，在后座疯狂而甜蜜地做爱。这样的事我们做了四次，不多不少。尽管在弗朗基的怀里时我很幸福，但我明白，我们不会一起走很长的路，在不久的将来，世事会迫使我们再次分开，但也正因如此，此刻的我们更迫切地想要拼命抓紧彼此。

可弗朗基一直在旋转，不久他就开始失去平衡。当时他已经收到了三四所大学的录取通知，其中就包括罗格斯大学，一所学费相当低廉的州立大学。因此，就算他父亲真的坚持不给他付学费，他也可以通过助学贷款、奖学金或勤工俭学等方式应付过去，这样一来，他就能顺利注册大学学籍，并在接下来的四年里获得暂缓入伍的资格。对一个反战的年轻人来说，这是当时唯一明智的做法。那年春天的大部分时间里，他都像是要这么做，可突然有一天，他不打算那么做了。

至于他为何改变主意，他从未给过我完整的解释，或许是不能，或许是不想，或许，他自己也从未搞清楚原因。苦思冥想数年后，我觉得当时弗朗基是在和他父亲怄气。在那之前的两年里，他父亲一直在无情地攻击他，说他是个没骨气的娘娘腔，一个反美的宝贝男孩。这已不只是粗暴地表达政治观点，更是在公然诋毁他的男子气概。作为一个骄傲的年轻人，他已愈发鄙视自己那愚蠢而残酷的父亲，但他太注重礼貌和体面，无法当面斥责父亲、让他闭嘴，于是，他决定高中一毕业就去参军，通过这种方式来堵住父亲的嘴。老弗兰克无疑很满意儿子的决定，但冷酷的事实是，弗朗基这么做并不是想取悦父亲，而是为了报复他，唾弃他，尽管他自己并未完全意识到这一点。

我哭得很伤心，苦苦哀求他不要这么做，一连闹了好些天，可不管我怎样歇斯底里，都无济于事。弗朗基平静得出奇，走进征兵中心宣誓时，他显得一身轻松，仿佛过去两年一直压在他肩上的那架钢琴突然消失了，他又能自由自在地活动，不再为怀疑、纠结和怨恨所累。

"仔细想想，其实情况没那么糟，"他说，"给国家卖两年命，老兵法案[1]就能供我上四年大学。这意味着我将能掌控自己的人生，不用为了学费去求我父亲。"听着是不错，我说，可要是他们把你丢进丛林，让你面对不知从哪儿飞来的枪林弹雨时，你怎么办？"不用担心，"他咧嘴笑道，"我十一岁时就跑赢了伟大的安娜·布卢姆，现在要跑赢子弹还不容易。"

弗朗基·博伊尔从未能抵达越南的丛林。入伍五周后，他在迪克斯堡的一次基础训练演习中遭遇了意外：一支火箭筒发生故障，在他手里炸了。爆炸将他的身体撕成了碎片，在空中四散纷飞，最终落回地面。救护人员赶到现场后，花了两个多小时搜寻残

---

[1] 即《退伍军人权利法案》，美国国会于1944年通过的一项法案，旨在安置退伍军人并为他们提供相关福利，其中就包括为退伍军人接受高等教育及职业培训发放各种补贴。

骸，只找到一些手指、脚趾、胳膊和腿脚的残片，以及许多无法辨认的烧焦了的肉块和碎骨。随着太阳西沉，夜幕落下，他们最终只能放弃搜寻。尽管他们已经竭尽所能，但弗朗基·博伊尔下葬时，入棺的遗体还是少得可怜，总共不过六十一磅[1]重。

鲍姆加特纳知道这件事。早在一九六九年，在他和安娜最早的一些对话中，她便提起过弗朗基·博伊尔。在回忆他那可怕的死亡时，她说这件事就像一把刺穿她灵魂的利刃，在她心中永远留下了一道深深的伤口。她还说，在得知迪克斯堡发生的事后，她坐在巴纳德学院[2]的新生宿舍里，撕心裂肺地痛哭了整整十个小时。那样的痛哭她从未有过，之后也不曾再有，因为哭得那样痛、那样久几乎是毁灭性的，一个人一生最多只能承受一次这样

---

1 1 磅约合 0.45 千克。

2 巴纳德学院（Barnard College）是美国的一所私立女子文理学院，创建于 1889 年，1900 年起隶属于哥伦比亚大学。

剧烈的震颤。她在那篇文章里没有提到这些，对他而言，文章里的事并不新鲜。但这不重要，重要的是，他在泛黄的手稿上看到了安娜少女时期的回忆，那些舞动的回忆深深触动了他。因为他一读到安娜的文字，就仿佛听到她的声音从纸页中响起，仿佛她真的在和他说话，虽然她已经死了，已不在人世，在他有生之年，她都不会再和他说一句话。

鲍姆加特纳把椅子向左转，开始打量起安娜那台老旧的手动打字机。打字机被搁在从书桌表面的矩形凹槽里伸出的一块滑动木板上，凹槽约有一英寸深。那张书桌很大，由深色桃花心木制成，是二十世纪三四十年代的老物件。她在哥伦布大道的一家二手家具店里花六十美元买了这张桌子，一周后他们便离开纽约，搬进了位于普林斯顿坡路[1]上的这栋房子里。那台打字机是她十五岁生日（一九六五年五月七日）那天，父母送给她的礼物。此后，她一直用着那台深灰/浅绿色的史密斯－科罗娜牌便携式打字机。她曾短暂地尝试改用台式电

---

[1]　此处的"坡路"（Poe Road）为路名。

脑打字，但发现电脑的键盘太软了，打起字来手疼。她说自己更喜欢敲击大阻力的打字机键盘，这样能锻炼手部力量。因此，她把那台苹果电脑转送给了她十六岁的大侄子，重新拾起在打字机上滚动稿纸、让敲击声响彻整个房间带来的触觉快感。那声音会穿墙透壁，悄然渗入房子的每个角落。鲍姆加特纳喜欢听那隐隐传来的噼啪声，不管他是正在一楼的几个房间里转悠，还是在楼上他自己的书房里对着电脑埋头工作。是的，他不得不使用电脑，因为他在大学工作，而全校所有的院系和行政部门都已转为数字化办公。作为一名独立译者和自由写作者，安娜可以凭自己的喜好决定工作方式和地点。这意味着她无须使用电子邮件，而可以通过书信、电话和传真与人交流，并继续在她那台老旧但坚不可摧的打字机的陪伴下工作。鲍姆加特纳为此感谢上帝，同样让他感恩的，还有那些日子里他醒来听到的晨间奏鸣曲，那是安娜的思想通过敲击键盘演奏出的美妙音乐。独自在空荡荡的房子里生活了一个月以后，他开始非常想念那些声音，以至于有时他会走进安娜的房间，坐在那台静默的打字机前，随便敲出点什么——什么都行——只为再次听到那些声音。

最初的六个月就是这样度过的，这是一道时光中的裂缝，鲍姆加特纳后来称其为"消失的时间"，也可以说是"哀伤导致的疯狂期"。在那半年里，他几乎认不出自己——那个他自童年起就熟悉的自己。在那段迷失方向、冲动无序的过渡时期，他忙于各种稀奇古怪、心血来潮的追求，在摇摇晃晃中度过一天又一天。他不仅会在安娜的打字机上胡乱敲些毫无意义的东西，还曾浪费了整整两晚的时间，把她抽屉柜里的东西——蕾丝内裤、棉内裤、文胸、吊带衫、长袜、连裤袜、短袜、运动短裤、网球短裤、泳衣、T恤衫——反复折叠，排列整齐，再分别放回抽屉里。他还买了昂贵的木质衣架来替换金属和塑料衣架，然后用木衣架把安娜的连衣裙、短裙、衬衫、丝绸长裤、羊毛长裤、棉质长裤、连帽卫衣、夹克衫和牛仔裤再重新挂回衣柜里。他还买了六个透明的拉链袋，把她的毛衣都装进袋子里，然后放到衣架的上层。除此之外，每天早上在餐桌旁坐下喝咖啡时，他会给她也倒上一杯，并在喝之前举杯向她致敬。他还写了几十封露骨的情书寄给她。他会煞费苦心地把情书折好，装进信封，写上地址，贴上邮票，然后投入邮筒。他会在一两天后开心地收到自己寄出的情书，并想象如果安娜本人能收到它们该有多高兴。

更糟糕的是，那年的秋季学期他休假了。不过这次休假是他们之前就计划好了的。他和安娜早就商量好了，要利用这四个多月的假期去巴黎，那是两人都曾生活过并渴望再次生活的地方，哪怕只是去待上几个月也好。他们已经租好了公寓，也订好了往返机票，原本计划在八月二十号，也就是从科德角回来的两天后，飞往巴黎。在那之前，他们要去科德角看望几个老朋友，并在那里住上一周的时间。可到了二十号那天，鲍姆加特纳发现自己没能和安娜一起飞越大西洋，而是站在新泽西州普林斯顿的一座敞开的坟墓旁，看着一台机器将安娜的棺材缓缓降入墓中。当时，一阵狂风扑打在他的脸上，他的朋友吉姆·弗里曼用右臂紧紧搂住他的身体，以防他倒下——这与大风无关，而是因为鲍姆加特纳的双腿看上去快支撑不住了，如果他真的双腿一软，很可能会直接跌入墓中。

休假意味着没有教学任务，没有什么事必须占用他的时间，也没有走出家门的迫切需要。在校方看来，他已经正式休假了，尽管那段时间他仍留在原地，没有出远门，但他不管在家还是在巴黎、帕尔马或巴塔哥尼亚，对校方来说都没有区别。他走了，但又没走，进退两难，双脚仿佛被胶水粘在了地上，内心的动荡不安使他有太多时间需要打发。以他当时的状态，不可能再继续写手头那本关于梭罗的书，也无法着手做别的事，因此那段时光显得格外空虚而漫长。大多数时候，他只能反复折叠安娜的内衣，将一封又一封露骨乃至下流的情书投递给美国邮局，寄给一个他再也见不到，也触不到的女人。

话虽如此，他并没有把所有时间都浪费在毫无意义的事情上。就在他继续研读安娜未发表的两百一十六首诗歌手稿时（那是她在近四十年的时间里写下的），他意识到这些作品完全值得流传于世。或许并非每一首都那么好，但其中最出色的八十或一百首诗足以编成一本不错的书。于是，鲍姆加特纳开始投入为安娜整理诗集的工作中，这也是他在失魂落魄的那几个月里唯一实在的成就。这本书最终由红翼出版社出版，是一家小出版社，但以出版前沿作品而受到推崇。红翼出版社的发行商能力不错，在十八个月内卖光了这本书的首印，紧接着便加印了，并在四年后再次加印。当然，这本书的销量并不起眼，但鉴于诗歌在美国文学的浩瀚星空中不过是一颗微不足道的小行星，安娜至少已经在苍穹间找到了自己的一席之地。

他觉得，她早就可以那么做了，但不知为何，她从未着手去发表自己的诗歌。这是他最不理解她的一点，因为安娜在别的方面都是个敢于捍卫自身权利、会为自己的信念奋力抗争的人，而她很清楚自己的诗有多好。是的，她有过怀疑，也有过绝望的时刻，但哪个作家或艺术家不是这样，在自信与自卑之间摇摆不定呢？她经常会与他分享她的诗歌，并非他要求她这么做，而是她想这么做，这便是证据。有时她会把诗念给他听，有时则是一下拿出六七首诗来给他看。每次看到她的新诗，他都会催她赶紧行动起来，把它们发表出去。而她每次都会不好意思地耸耸肩，有时会看心情加上一句"你说得对"，或"会有那一天的"，或"再看吧"。根据这些只言片语，他确信，或者说几乎可以确信，她不会反对他在做的事。因为"那一天"已经到来了，而那位陪他走过了近三分之二人生路的充满激情和魅力的诗人，在她那已是老骨头的丈夫之外，值得拥有更多读者。

鲍姆加特纳决定收录的诗里，最早的一首写于一九七一年九月。四个月前，安娜度过了她的二十一岁生日。一个月前，她结束了在巴黎为期一年的学习（她在巴黎前后的两个暑假都是在马德里度过的），回到了国内。这首诗的标题也成了整本书的主书名：《语词：1971—2008 年诗选》。这首诗远非她最好的作品，但鲍姆加特纳喜爱诗里的奇思妙想和古灵精怪，那种热情四射的生命活力正是安娜本人和她作品的精神特质。不仅如此，这首诗还承载着他年轻时的诸多回忆，因为安娜写这首诗时，正是他开始为她神魂颠倒的时候。这也是安娜给他念的第一首诗。那天，他们在西 85 街那间转租来的老公寓里，在皱巴巴的单薄床单上翻云覆雨后，她一丝不苟地坐在床上给他念了这首诗。

语词

那朵小花如此娇小

它没有名字

于是我叫它

"斯普林奇"[1]

但我转念一想

又将那个烈焰般璀璨的小红点

改名为

1　斯普林奇（Splinge）是作者在本诗中生造的词，意在表示命名（以及使用语词时）的随意性。

"杜丽特夫人

你好呀，

最近在忙什么呢？"

由于那个小红点是一朵花

它并没有回应我

因此我永远无法知道

它是否喜欢我给它取的名字

于是我便走了。

第二天早上我回到那里

想看它是否已在一夜之间长大

小红点却不见了。

杜丽特夫人去哪儿了？

若你永远消失了

有没有人能告诉我

为什么那个小恶魔 [1] 般的男人

---

1 小恶魔（imp）是欧洲神话传说、民间迷信中类似精灵的生物，常被
  认为性格淘气、爱搞恶作剧，但算不上邪恶。

正在街对面冲我咧着嘴笑

他的扣眼上有一个红色的微小之物

如黑暗中点燃的火柴那般明亮。

　　十年过去了，鲍姆加特纳惊讶地发现，和最初近乎精神错乱的那几个月相比，自己如今的状况并没有多少改变。当然，他一直假装不是这样。当他从地上爬起来，成功站稳脚跟，并继续前行后，他表现得就像是已经回到了活人的世界似的。他先是恢复了教学工作，一个月后，又如履薄冰地开始了研究工作，直到再次全身心地投入其中，完成了一本著作，然后是第二本，直至现在已是第三本——这是他人生中最高产的十年。他不仅加深了旧日的友谊，还结交了新的朋友。经过一年靠自慰打发的寂寥生活后（他自慰时会想象自己又和安娜睡在一起了），他再次开始追求女人——这是他近四十年来的第一次。这些都是生命活力的迹象，至少看上去是这样，他的朋友们因此感到宽慰，觉得他已经找到了在安娜走后独自生活下去的办法。

就连鲍姆加特纳本人也常常愿意相信这是真的，但这只是因为，他对接在自己躯体上的假肢已经习以为常，以至于几乎感觉不到它们的存在了。可无论多么有用，能给患者提供多大的帮助，这些钛合金假肢都只是没有知觉的死物。鲍姆加特纳仍有知觉，有爱，有欲望，并想活下去，但他内心最深处的那部分已经死了。在过去的十年里，他始终清楚这一点，可与此同时，他又在用尽全力逃避它。

就在他被铝锅烫伤，接着又滚下楼梯的那天，他把一切都想通了。在那之前，他从未意识到，自己在面对与安娜有关的一切时，是多么自相矛盾。他一直在推开安娜，同时又紧紧抓着她不放。他从家中抹去了她的一切痕迹，却原样保留了她的小书房。在她死后的那段疯狂时期，他十分细致地把她留下的那一大堆衣物重新整理挂好，但后来他又把它们都送了人。接着，他又把床、炉灶、冰箱、厨房桌椅、客厅家具、床单、枕头、毛巾、刀叉、餐勺、盘子、碗、茶杯、马克杯、玻璃杯、茶壶、咖啡机，以及楼上楼下所有房间（除了安娜的小书房）里大大小小的上千件其他物品都换了一遍。如今，虽然他很少再去她的小书房，她的身影却依然在这栋房子里挥之不去，就在离他不远的某个地方潜伏着，哪怕有时近在咫尺，却始终无法看见。直到那个倒霉的四月下午，当他坐在餐桌旁，看着地上烧焦的煮蛋锅时（那也是他唯一懒得换掉的东西），她突然闯进了他的思绪。他本可以借此机会好好重温与安娜的往事，可他却粗暴地把她踢开了，那股蛮横、不假思索的劲头让他自己都感到惊骇。接着，他看到了知更鸟在院子里吞食虫子的场景，再接着，他想通了，因为正是在那时，在两种彼此矛盾但同样危险的心态间挣扎了九年零八个月后，他终于意识到，自己是如何把这整件事弄得一团糟。他告诉自己，活着就是要感受痛苦，而害怕痛苦就是在拒绝生活。

两个月后，他已在埋头写那篇有关幻肢综合征的论文。随着这一隐喻越发明显地与他寻找的隐喻契合，他开始称其为"幻人综合征"。眼下，他还不知道这篇论文将走向何方，甚至不确定自己能否写完，但它暂时满足了他的某种需求，而这已足以激励他继续研究脑图谱、感觉受体和神经回路，并尝试将心理和精神上的痛苦以生理的语言表达出来。他想到那些痛失儿女的父母，和痛失父母的儿女，想到痛失丈夫的妻子，和痛失妻子的丈夫，他们的苦楚与截肢的创伤是何其相似。因为，正如失去的肢体曾与某人的身体密不可分，逝去的人也曾与某个活着的人密不可分。对活着的人来说，从生命中"被截去"的人，那已成为"幻人"的人，仍能带来极其深重的苦楚。这种症状偶尔能被缓解，却绝无可能根除。

此时临近午夜。鲍姆加特纳已在床上躺了一个小时，想睡却睡不着。他在黑暗中思考着自己的文章，想着明天早上要如何继续写下去。不过，随着颈部和肩膀的肌肉不再紧绷，并与慢慢放松下来的四肢和背部肌肉融为一体，他的意识也渐渐崩塌，散落成越来越小的思想碎片。他现在已经睡着了，却浑然不知。他以为自己只是徘徊在睡梦边缘，尚未失去与周围现实的联系。他知道身下睡着的是自己的床，床所在的房间是自己的房间，房间所在的房子是自己的房子，是自己和安娜一起生活了二十四年，如今独居的房子。安娜是二〇〇八年八月十六日去世的，今天是二〇一八年六月二十日，也可能是六月二十一日，如果午夜已过的话。鲍姆加特纳听见一阵声响，很可能是从楼下的某个房间里传来的。那是一阵微弱的嗡嗡声，响上几秒后，会停上一秒，接着又响上几秒，再停上一秒，这样有节奏地响响停停，长响接着短停，一直重复了十来遍才停下。此时，鲍姆加特纳已经打开了床头灯，翻身下床，并穿上了那件有系带的格子睡衣。那声音太不寻常了，虽然已经停止，仍值得鲍姆加特纳下楼一探究竟。他打开二楼走廊的灯，下楼后又依次打开一楼走廊和客厅的灯，在发现客厅无人闯入，也没有其他异常情况后，他又打开了厨房的灯。厨房里的一切都和他十点上楼前一模一样，就连那口他准备在水槽里先泡上一夜，等第二天早上再处理的烧煳了的锅也是。

最后就剩安娜的小书房没检查了。由于这个

房间有一扇直通后院的玻璃镶板门，鲍姆加特纳担心可能会有小偷闯入，或者发生其他捣乱的情况。虽然他如今已很少走进这个房间，但每隔一周的周二，弗洛雷斯太太都会花上三四十分钟，进去吸尘、拖地、擦灰，一丝不苟地按照鲍姆加特纳的要求把房间收拾得干干净净、井井有条。鲍姆加特纳打开顶灯后，发现通往后院的门关着，门上镶嵌的玻璃也完好无损，这才松了一口气。不仅如此，房间里的一切似乎都保持着原样。但鲍姆加特纳此时已倦意全消，心怀警惕的他决定先不上楼睡觉，而是留下再看看，确保没有丢东西。

安娜的打字机依旧搁在桃花心木书桌的滑动木板上。她的几支铅笔依旧插在纽约大都会队[1]的杯子里，杯子以南几英寸是绿色的吸墨纸，她用作镇纸的两样东西依旧压在吸墨纸上：左上角是一块柏林墙残块，是一位德国朋友在一九八九年送给她的；右上角是一块已有一百多万年历史、带有棱纹

---

1 美国职业棒球大联盟下属的一支球队。

的菊石[1]化石碎片，那是许多年前，她在法国中南部的阿尔代什省徒步时偶然在地上捡到的。还有她那台红色的电话，也依旧摆在吸墨纸的东南角，尽管那条私人线路已停用，电话铃声再也不会响起。

书橱里依旧塞满了她成箱的译作，她的其他手稿也都还在书桌右边墙角的文件柜里放着。文件柜边上是约五英尺[2]宽的三层木质书架，塞不下的书就在书架上面堆着，高度大概到鲍姆加特纳（身高六英尺一英寸[3]）的胯部、安娜（身高五英尺八英寸[4]）的腰部。书架边上，在墙的近角处，一台没有插电的传真机正静静沉睡在一张狭小的打字桌上，打字桌的两只折叠桌翼向下垂着，与桌脚平行。在这三样东西上方的墙上，密密麻麻地挂着各种镶框和未镶框的物件，没有一件被挪动或取下，包括十几幅朋友送的小型油画和素描；她爱戴且奉为楷模

1　一种已灭绝的头足纲动物，与螺近缘。

2　1英尺约合30.48厘米。

3　约合1.85米。

4　约合1.73米。

的人物的画像和照片（艾米莉·狄金森和埃玛·戈德曼[1]均位列其中）；她因翻译《费尔南多·佩索阿诗选》而获得的一九九七年美国笔会翻译作品奖证书；一张琼·布朗德尔在电影《金发痴狂》[2]中一拳打在詹姆斯·卡格尼下巴上的剧照；一张镶框的方形素描纸，上面写着布朗德尔另一部影片《美女》[3]里的一句台词："我身上除了穿着的衣服，就剩十七美分了，但老娘依然充满活力"；鲍姆加特纳出版的第一本书《具身的自我》（一九七六）的初版封面，以及两人在最初的某次约会时，在照相亭里拍的一组四连拍，照片里的他们正抱着对方疯狂亲吻。

鲍姆加特纳看着模糊的黑白照片里那两个孩子亲热的样子，不禁露出了微笑。接着，他戏剧性地低了低头，向逝去的青春岁月致敬。他很庆幸一

1　埃玛·戈德曼（Emma Goldman，1869—1940），美国无政府主义政治活动家、作家。

2　《金发痴狂》（*Blonde Crazy*）是由琼·布朗德尔（Joan Blondell，1906—1979）和詹姆斯·卡格尼（James Cagney，1899—1986）主演的一部美国影片，上映于 1931 年。

3　《美女》（*Dames*），1934 年上映的一部美国影片。

切如常，这面墙、这间房，以及其他房间都还保持着他上床睡觉时的样子。可是，如果没有人闯入，要怎么解释那个神秘的声响？正是那个声响使得他从床上爬起来，来到楼下这个房间的。有没有可能，那声音是从隔壁传来的？或者，那只是他想象出来的声音？毕竟他那时正处于半睡半醒之间，而在那种迷糊的状态下，他的大脑已经成了一个充满奇异幻象的马戏团，出现幻听也是有可能的。不过他觉得这个可能性不大，因为那个声音有规律地响了好几次，但也并非完全不可能。

鲍姆加特纳在书桌前的椅子上坐了下来。可他刚把屁股调整到一个舒服的姿势，电话响了。那台红色的电话响了。那台已经停机、不会再响的电话响了，而且还在继续响。

鲍姆加特纳吓了一跳，但同时也很好奇，因为他知道，此刻响起的电话铃声正是他躺在床上时听到的那个声音，同样是有节奏地响响停停，长响接着短停。在二楼时，他只能隐隐听到微弱的响声，但在一楼时，声音变得响亮而清晰。如果真是这样，那不管之前的电话是谁打的，是恶作剧也好，是出于别的什么目的也好，总之，那个看不见的神秘人现在又打来了。

鲍姆加特纳拿起听筒，吐出一声充满疑惑和不确定的"喂"，这是一声带着问号的"喂"。没有人回答，这时他告诉自己，他一定是在做梦，尽管他是醒着的，不可能在做梦。接着，一阵沉默过后，安娜开始对他说话，她的嗓音一如生前那样清脆。她称呼他为"亲爱的""我的爱人"，告诉他死亡与所有人想象的都不一样，说包括他俩在内的所有唯物主义者都错了，他们以为死后没有来世，又说基督教徒、犹太教徒、伊斯兰教徒、印度教徒、佛教徒和其他人也都错了。没有来自上帝的惩罚或奖赏，没有审判的号角或地狱之火，没有天堂或乐土，也没有人会转世成为一只蝴蝶、一条鳄鱼，或重回人间的玛丽莲·梦露。事实是，人死之后就进入了**大虚无**，那是个一切皆不可见的黑暗之地，一个无声无息的真空之境，一个万物湮灭的空洞之所。你无法和其他死去之人联系，也没有来自天上或地下的使者告诉你接下来会发生什么。因此，她不知道自己现在的状况会持续多久——如果"现在"这个词在这样的地方还有意义的话。这里甚至算不上是一个地方，而只是一片虚无，是从无尽的虚空之中抽离出来的一小片虚空。她什么也看不见，什么也听不见，因为她不再有身体，不再有先哲们所谓的"外延"，而这也意味着她不会再感到疲惫、饥饿、痛苦、欢乐，或任何其他的感受。如果能用空间来衡量她——如果"空间"这个词还有意义的话——她很可能不会比谜一般的宇宙中最微小的次原子粒子大。如果他愿意，可以说她是一个"谜"，或者说是一个灵魂，或者说是浩瀚无形的世界的一个发散物，或者，就称她为会思考的单子[1]好了。当她思考时，有时能透过心灵之眼清楚地看见自己正在想象的东西，尽管她已没有心灵或眼睛这样的东西，但她仍看得很清楚，几乎和她在世时一样清楚。

---

[1] 德国哲学家、数学家莱布尼茨在其著作《单子论》里提出的一种单质的形而上学粒子，是一切事物最根本的元素，不可再分。

鲍姆加特纳什么也没说。他想说话，他有无数的话想对她说，有无数的问题想问她，但他仿佛失去了开口说话的能力。没关系，他心想。这通电话随时可能结束，而他只想在她的时间耗尽并再次消失在黑暗中之前，继续聆听安娜的声音，他又何必多说呢？

她说自己什么也不能确定，但她怀疑正是因为他，她才能在死后继续存在于这片无法理解的虚空之中，处在这样一个有意识、非存在的矛盾状态下。她觉得这种状态必定会在某个时刻终结，但只要他还活着，并且还能想到她，她的意识就会被他的思想一次又一次地唤醒。有时，她甚至能进入他的大脑，听见他的想法，并通过他的眼睛去看他在看的东西。她不知道这是如何发生的，也不明白为什么她现在能和他说话，她只知道，生者和逝者是有联结的，而她生前和他的联结是如此紧密，以至于在她死后，这种联结仍将持续下去，因为当其中一人先死去时，活着的那位可以让逝者继续维持在一种介于生和"非生"的临界状态，可一旦那位生者也死了，这种状态便结束了，逝者的意识便会永远湮灭。安娜停下来深吸了一口气，接着问了一个问题，这也是她在他接电话后第一次发问：我说的这些，你能理解吗？鲍姆加特纳还没来得及回答，安娜的呼吸声就停了，她的话也停了，通话断了。

三

做了那个梦以后，鲍姆加特纳开始起了一些变化。他很清楚那台停机的电话没有响，安娜没有对他说话，死去的人也不会继续生活在一种有意识的非存在状态中，可不管梦里的内容多不真实，他的体验是真实的，那一晚他在睡梦中经历的一切，也并未像大多数梦那样从他的脑海中消失。虽然那个梦才过去六天，但鲍姆加特纳感觉，自己就像突然被推入了一个新的心理空间，他的心境也随之改变。他不再感到被困在一个没有窗户的地下室里，而是来到了地面，尽管他可能还是被困在一个房间里，但至少这个房间的外墙顶端有一扇铁窗，而这意味着白天会有阳光洒进来，不仅如此，倘若他躺在地上，把脑袋摆到合适的位置，还可以凝望天空中飘过的云。他告诉自己，这就是想象的力量。或者说，梦的力量。就像有人会被小说里描写的虚构事件改变，鲍姆加特纳也被他在梦中对自己讲述的故事改变。既然那个本没有窗户的房间现在有了窗户，或许在不远的将来，那扇铁窗上的栅栏也会消失，而他也终于可以爬出窗外，重获自由，不是吗？

要是他真的相信，自己的思念正支撑着安娜在某个虚无缥缈的世界里继续存在，相信只要他还活着，她就能从位于**大虚无**的次原子据点和他保持联系，那不免有些荒谬。但鉴于这些荒谬的想法是他自己想出来的，他也不能轻易否定它们，或者假装它们未曾给他带来过精神上的慰藉。因为事实就是，自安娜溺亡以来，他从不曾断过和她之间的联系。现在他想象出了另一个世界，在那里，她知道他在想她，能感觉到他在想她，能想到他在想她，谁又能说其中毫无真实可言呢？或许不是科学意义上的真实，不是可以证实的那种真实，但在情感上是真实的。而从长远来看，唯有他的感受，以及他对那些感受抱有的态度，才是真正重要的。S. T. 鲍姆加特纳，这位在哲学、美学和政治学领域写了九部著作和无数文章的学者，这位在普林斯顿大学执教了三十四年、受人爱戴的老师，这位毕生都在探索可感知的世界的年迈现象学家，这位在人类感知和本体论的神秘沼泽中艰难跋涉的独行者，终于找到了宗教信仰。或者说，对他这样一个没有宗教信仰、什么都不相信，只相信人有义务追问活着的意义——哪怕他知道自己永远也无法找到答案——的人来说，这是足以顶替宗教信仰的东西。

又过了六天，铁窗上的栅栏消失了。还没等他想办法从窗口爬出去，房间的墙壁也消失了。他发现自己正站在户外，身处一片乡间的草场中央，被齐膝高的草环绕，看不到任何房屋和电线杆，也看不到任何人类活动的痕迹。头顶灰色的天空中聚满了厚厚的乌云，雨水恐怕很快就要落下。他把双手插进口袋，开始前行。

就这样，鲍姆加特纳重新找回了运动带来的那种振奋人心的快乐，一种属于本体感受的快乐：通过双腿的简单交替来带动自身前行，并让整个身体在心脏的跳动、肺部的扩张和收缩，以及双腿的交替摆动这三种平行的节奏中保持同步。接下来的几天，慢慢找到状态之后，他开始愈发自信地在内心那片一望无际的草场上前行。尽管他的步伐已不如过去那般矫健，尽管他偶尔会被倾盆大雨浇湿，或被从东边呼啸而来的狂风拍打，但不要紧，他依旧在挺直身体往前走。此刻，随着他的心脏、肺部和双腿的节拍已为长途跋涉做好了同步，鲍姆加特纳的思维也变得清晰起来，并对自己的未来生出了新的勇气。他知道，自己必须立刻行动，否则就没有未来了。毕竟他已经七十岁了，没有时间再犹豫不决。

他决定要做的第一件事，便是退休。他将卸下教学重担，转而担任荣休教授这一受人尊敬的虚职，把系里的位置腾给下一代的年轻学者。他会退隐，但又不必让自己与大学完全断了联系，因为他还能享有完整的图书馆借阅权限，并继续使用普林斯顿大学的电子邮箱。他与不同院系的众多同事的友谊仍会一如既往地持续下去。只要兴致来了，他仍会去参加讲座、研讨和非正式的聚会，但工作中那些繁重的琐事将立刻烟消云散。他再也不用参加折磨人的委员会议，再也不用和心怀不满的学生为了成绩讨价还价，再也不用应付那些官僚主义的狗屁东西。换句话说，他将过上一种无拘无束、独立自主的生活，每月还会有一笔和他在职时的工资相当，甚至可能还要略高的退休金。过去几个月里，他一直在构思一本新书，这本书和他以往的尝试都不一样，可以说是离奇古怪、天马行空之作。这是一部论述自我与他人关系的半严肃、半诙谐的半虚构作品，书名叫《方向谜盘》。他希望把尽可能多的时间投入这本书中，因为现在时间是最宝贵的，而他不知道自己还剩多少时间。不只是说他距离死亡还有多少年，更关键的是，他还有多少年可以用来创作，继续保持活跃，直到他的头脑或身体或两者都无法再支撑下去，变成一个病痛缠身的痴呆废物，无法阅读、思考和写作，转头就忘了别人刚对他说过的话，甚至再也无法勃起（这是他不愿去想的可怕境地）。五年？十年？十五年？他的每一天、每一个月，都在加速离他远去，不管他还剩下多少时间，都将转瞬即逝。要是他死去时还戴着学术的枷锁，还在弯腰驼背地伏案写着学生论文的评语，那该有多可怕啊。不，绝不能让这样的事发生。真到了临终那一天，至少给他留点体面，让他在咽气时最后写下一句属于自己的话，最好是写给那些统治世界的权力狂人一句响亮的"去你妈的"。或者，还有一个更好的死法，就是让他死在半夜去与心爱的女人约会的路上。

她的名字叫朱迪丝，鲍姆加特纳决定这周立刻、马上、现在就做的下一件事便与她有关。过去的十年里，他一直在折磨自己，在安娜死后，在爱上朱迪丝之前，他曾断断续续地和几个或丧偶或离异的女性有过瓜葛，但因为放不下安娜，他始终无法全情投入。与朱迪丝相处两年之后，两人的关系愈发亲密，可直到做了那个梦以后，他才终于摆脱了安娜对自己的影响，让他接下来要做的事变得可能。这一次与以往不同，这一次他坠入了爱河，这一次他已准备好再次尝试婚姻。当然，前提是朱迪丝愿意接纳他，而他对此并无把握，不过看上去她同意的可能性要大一些——但愿如此。

朱迪丝的事现在变得可能，只是因为那晚的梦让他与安娜的幽灵之间的关系出现了新转变，让他可以重新回到过去的记忆中，再也无需担心被困在里面。如今，他已重温了那些记忆并全身而退，准备把所有的精力投入现在中去，投入朱迪丝身上。这也意味着，鲍姆加特纳正在考虑的"现在"，必然会渗透到"未来"——前提是朱迪丝同意他的请求。

为了迎接这一刻，迎接这个现在，过去三周的大部分时间，他都沉浸在**过去**的世界里：从第一眼见到十八岁的少女安娜，到最后一眼见到五十八岁在沙滩上死去的安娜，他徘徊在两人相识的四十年时光中，反复思量、追忆过往。奇怪的是，他并未感到孤独。在这整段旅途中，安娜都陪在他身旁，与他同行。两人彼此诉说、倾听，携手在记忆宫殿的各个房间里进进出出，在幽暗的回忆长廊里漫步，重温四十年里发生过的大事小事。显然，她并没有真的和他在一起，但通过阅读她的信件和手稿（天晓得他上一次这么做已是多久之前的事了），他又找回了她的声音，而在看了她生前无数的照片后，他又找回了她的模样。当然，那声音和模样都并不真实，但已相差无几。这便是记忆赋予一个能通过已停机的电话，来聆听亡妻话语的男人的能力。

在文件柜最底下的抽屉里，藏着安娜的最后一篇自传性文字，那是她去世前不到一年写下的，写的却是遥远的过去的故事，讲述一九七二年十一月，安娜死里逃生的那个动荡之夜，鲍姆加特纳是如何、为何以及在何种情况下向安娜求婚的。

自 燃

大学毕业时，我已爱上了S[1]。那时，我对其他人一点都提不起兴趣，这意味着我的心已完全属于他，而S也如我爱他那般爱着我，

---

1 S 为西摩（Seymour）的首字母。

他的心也完全属于我。我们因此成了恋人，两个在所有重要的事情上都意见一致、不打算分开的恋人，两个不合群但彼此迷恋的人。尽管如此，我们从未想过要组建家庭，也从未提过结婚的事。我们当时还太年轻、太不稳定，无法做长远的计划，对未来也没有清晰的认识。我们最多只会考虑几周或几个月以内的事。对当时未满二十五岁的S而言，未来意味着在四月份之前完成他那篇关于梅洛－庞蒂[1]的毕业论文，拿到哲学博士学位，之后再另做打算。对刚年满二十二岁的我而言，未来意味着继续埋头创作难懂的小诗，并努力适应自己的第一份全职工作，一份周薪八十七美元五十美分的工作。

那时，海勒图书还是一家刚成立不久、羽翼未丰的文学出版社，正加紧筹备要在秋季出版的首批书目。预算很紧张，紧张到那

1　即莫里斯·梅洛－庞蒂（Maurice Merleau-Ponty，1908—1961），法国哲学家，也是法国现象学运动的领导人物之一。

年夏天只有三个人和二十八岁的莫里斯·海勒一起工作——一位资深编辑、一位生产经理，还有我，团队里最年轻的一员，身兼初级编辑和莫里斯私人助理的双重角色。莫里斯之所以雇用我，是因为翻译小说是出版计划的重要组成部分，而我恰好精通法语和西班牙语。我们的工资都很低，每天早上，我们都要到西百老汇大道南端一间破旧的办公室上班，那儿离南边正在建造中的世贸中心建筑群仅十个街区，正好位于现在被称为翠贝卡[1]，但当时还没有名字的街区中央。那是运河街下方的三角区，一片由十九世纪的工业建筑组成的蛮荒之地，零星夹杂着一些艺术家设立的工作室。五点过后那里就一片黑灯瞎火，但在七十年代初，那里是曼哈顿下城房租最低的地方，而莫里斯必须尽量节省开支。

1　翠贝卡（Tribeca）又译为"三角地"，是曼哈顿下城的一个街区，这个名字其实是"运河街下方的三角区"（Triangle Below Canal Street）的缩写。

三十五年过去了，当年我们四人在办公桌前埋头苦干的场景仍历历在目。那是一间老旧的简陋办公室，面积不算小，有着铁皮屋顶和坑坑洼洼的木地板，三面墙摆满了金属书架和文件柜，没有空调，只有三扇朝街的巨大窗户，为我们提供了充足的光照。夏天屋里总是很热，我们只能打开三台工业级的落地风扇，每隔五点二秒迎来一阵能把头发吹得乱舞的强风。虽然这能让人从难耐的酷暑中获得短暂解脱，但对于女生的发型简直是灭顶之灾。于是，我在第一个休息的周六走进一家理发店，给发型师看了一张《精疲力尽》里珍·茜宝的照片，又给她看了一张《罗马假日》里奥黛丽·赫本的照片，让她折中一下。我的长发就这样被剪掉了。后来S说我短发的样子很迷人，我便一直把这个发型保留到了今天。

考虑到我们在下城上班，本应该住在那附近，最好是住在14街南边的某个街区，可就算是格村[1]最破的房子也超出了我的预算。苦苦寻觅了三个星期后，我除了留在莫宁赛德高地[2]，找不出更好的办法。那是我过去四年的混迹之地，也是我极力想离开的地方，但我有个巴纳德学院的朋友要搬离她在克莱蒙特大道租的公寓，我便接过了她的房间。那间又大又丑的公寓里还住了三个女孩，除了两个哥伦比亚大学的研究生，还有一个眼神哀怨、前途渺茫的女演员，她在百老汇大道的一家小餐馆做服务员，往南走几个街区就到了。她真幸运，可以步行去上班。而我每周有五天要乘坐跨区捷运地铁，往返于116街和钱伯斯街，单程约七英里，每天通勤时间接近两小时。我觉得那份工作值得我为之付出，但我住的公寓实在令人作呕，就像一个爬满虫子的狗窝。它位于一个破败不堪的社

1　即格林威治村（Greenwich Village），位于纽约曼哈顿南部下西城的一个大型居住区。

2　莫宁赛德高地（Morningside Heights）或译"晨边高地"，是纽约曼哈顿西北部的一个社区，也是哥伦比亚大学所在地。

区，到处都是瘾君子和精神病院倒闭后无家可归的疯子。那时纽约这座世界之都，所谓的逍遥城，正经历一段动荡不安的艰难岁月，并在一点点地自我瓦解。财政日渐枯竭，抢劫、谋杀、强奸等暴力犯罪的数字不断攀升。我住的那一带毒品泛滥，每次路过那些眼神空洞、形容枯槁的家伙时，我都会下意识地攥紧拳头，心想说不定什么时候就轮到我被人拿弹簧刀抵着，用颤抖的声音让我立刻把身上值钱的东西全交出来，不然就一刀割开我的喉咙。

　　幸好还有逃离的机会。毕业后开始工作的最初几个月里，我有近一半的夜晚是在 S 那里度过的。可我们当时并没有同居的打算，就算有，他那儿的条件也不允许。那个地方实在太小了，就是一个小单间，一个人住都谈不上舒适，更别提两个人长期居住了。试想一下，这样一个拥挤的小单间要如何供一对幸福的情侣生活：两扇脏兮兮的窗户，窗外是一堵砖墙；九个牛奶箱上面架着一张泡沫床垫，充当婚床；一张书桌和一把椅子，要供两个花大把时间写作的人用，其中一个还是初级编辑；一个已不堪重负的六层书架；一个小厨房，里面有一个很浅的金属水槽、一对双头灶台（本该装烤箱的位置塞进了一台迷你冰箱）、一张吃饭用的小桌子（配了两把矮凳，不用的时候就藏在桌子底下）；一个衣柜，里面有一根用来挂衣服的横杆，挂着的外套和衬衫下摆底下是一个小抽屉柜；最后是浴室，摆下一个老式的爪脚浴缸后，还剩一面墙可以用来再堆几摞书。S对他那个位于三楼、没有电梯的单间不抱一丝幻想，坦言那个地方糟到无法形容。尽管如此，我人生中最幸福的某些时光却是在那里度过的。回首那段日子时，我常会想起我们俩光着身子在床上翻云覆雨的样子，想到那些鱼水交欢的美妙夜晚。我还会想到那些早起的清晨，在出门赶去上班之前，我会停下脚步，望着还在床垫上熟睡的 S——我那才华横溢，有着修长的双腿、凌乱的头发和迷人的双眼的男人，我的同志，我的炮友，我漫漫前路上满嘴俏皮话的忠诚伴侣——然后因为实在不忍心与他不告而别，便在他周围喷上几缕我的铃兰香水，这样当他醒来时，仍能感受到我的一部分气息陪伴着他。

就这样，时间来到了十一月二十二日那个周三的夜晚，那是感恩节前夜，也是肯尼迪在达拉斯遇刺[1]的九周年。在特别繁忙的一天工作过后，莫里斯请全体同事去格村的一家法餐厅吃节前晚餐。那天的活动很热闹，大家兴致很高，聚餐一直持续了三四个小时才结束。等这一小群快乐的文学斗士喝完最后一口干邑白兰地，我便带着钱包里的七美元和一些零钱，往谢里丹广场的地铁站走去。当时已是晚上十一点，从早上八点开始忙了

1　指1963年11月22日，时任美国总统约翰·F. 肯尼迪在得克萨斯州达拉斯市被刺杀的事件。

一整天，接着又吃了太多东西，现在带着一丝醉意走在回家路上的我，陷入了沉思：我是该坐跨区捷运的慢车一路坐到116街，还是该在14街下车换乘特快专列，坐到96街再换乘回慢车。我忘了自己最后坐了哪趟车或哪几趟车，只知道我在十一点四十五左右回到了住的片区。那天夜里很黑，寒气直透骨髓，空气中弥漫着薄雾，将街灯笼罩在一片昏暗朦胧之中。月亮被掩在云后，天空中也看不到星星。从百老汇大道和116街的路口出发，先沿着116街的斜坡往河的方向走，紧接着向右急拐进克莱蒙特大道，再走六个街区就到了。经过前两个街区时，我还能看到几个深夜落单的人，之后就只剩我了。我还要再走一段漆黑的夜路才能到家，而此时除了我自己的脚步声，什么声音也没有。我边走边想象着自己回到公寓钻进被窝的那一刻。就在我走到119街和120街之间时，一个男人突然从暗处飘出，接着懒洋洋地转身在人行道中间站定，拦住了我的去路。夜色太暗，加上有雾，几乎什么都看不清。我无法分辨那人是强壮还是瘦弱，年老还是年少，就连对方距我仅几英寸远的脸都看不清，只能看到从他的眼白里闪出的一两道寒光。他被夜色加密成了一抹残影。但我能闻到从他嘴里散发出的酸臭味，那气息扑面而来，钻进我的鼻子，侵入我的体内，他说："把值钱的东西交出来，不然我一刀捅死你。"我听到了弹簧刀弹出的声音，在隐约看到那把刀正朝我的脸逼近时，我脑子里的一切都开始慢了下来。我明白，或者说自以为明白，这是我的大脑在面临死亡时的反应，我的生命已进入了倒计时。就在我的呼吸愈发急促，并与他的呼吸混杂在一起时，我突然想到，早上出门时我穿了平底鞋。我告诉自己，如果这是我在世上仅剩的一点时间，那么，与其坐以待毙，不如再做最后一搏。因此，我没有打开钱包掏出那七美元，等着他因为嫌钱少而拿刀捅我，而是转身就跑，拼命地跑。自从六年级那次被弗朗基·博伊尔超越后，我再没有如此奔跑过。如果弗朗基曾有机会教我如何与死神赛跑，我大概就会像现在这样奔跑。在那个十一月的雾夜之中，我沿着克莱蒙特大道狂奔，拼尽全力逃离那个拿着刀的男人。尽管我觉得，他在我突然转身逃跑时似乎没来得及做出反应，也可能是他动作太慢，或者太过虚弱，总之他没有追我，但我还是继续往116街跑去，接着跑上坡，又沿着百老汇大道跑了五六个或者七个街区。就在我停下喘口气时，我看见一辆出租车正朝我的方向快速驶来，我赶紧伸手拦下了车。爬上车后，我让司机把我送到哥伦布大道和阿姆斯特丹大道之间的85街。我穿着冬衣，一边流汗，一边直打哆嗦，感到既热又冷，脑中一片空白。

快到85街时，我开始担心S不在家。他有可能和几个常一起打篮球的哥们儿去酒吧了，也可能去见某位哲学家朋友了，或者正在哥伦布大道（位于82街和83街之间）那家通宵营业的小餐馆里，和身材火辣的金发女服务员眉来眼去。按下他住处的门铃时，我已做好了无人应门的准备。没有人应。我不死心，又按了一次，依然没有回应。我坐在门厅已经开裂的瓷砖地上，背靠着装有门铃和信箱的那堵墙，闭上眼睛，试图思考接下来该怎么做，可我的大脑仍旧一片空白，什么都想不了。我对自己说，也许哭出来会好受些。就在我努力想从眼里挤出几滴眼泪时，门开了，S回来了。他刚出门买烟去了，只离开了不过十分钟，除此之外，他整晚都在家写毕业论文。

毫无疑问，他对今晚发生的事深感担忧，并且非常愤怒。我对他说，我不能回去，我已经受够了克莱蒙特大道和122街，我要搬家，但在我找到新的住处之前要怎么办？他说当然是和他一起住，这还不明显？可这里太小了，我说。

"小肯定是小的，"他说，"但这种情况不会持续太久，或许一个月，最多两个月。与此同时，我们会开始找更大的房子。毕竟这间公寓只是转租房，而且2月1号就到期了。我们可以往南搬，搬到下城去，这样你就可以步行去上班了。你再也不用坐跨区捷运了。"

"你是说要同居？你确定？"

"你今晚差点死了。一想到这对我意味着什么，我就无比确定。从我第一眼见到你时就确定了，而现在，我比以往任何时候都要确定。安娜，我不只是确定想和你同居，更确定要和你永远在一起。"

"永远？"

"永远。"

"你是在向我求婚吗？"

"是的。我想和你结婚，越快越好。"

我不知道该说什么，于是什么也没说，

把那个从未出现过的疯狂想法暂且放在一边。S走进浴室，拧开浴缸的龙头，说我现在需要的是好好泡个热水澡。于是我也走进浴室，脱掉衣服，接着闭上眼睛躺在浴缸里，任由S用一块光滑的厚海绵轻轻擦拭我的身体。我记得自己能听见洗澡水在浴缸里晃荡的声音，除此之外什么声音都没有，仿佛整个世界都安静了。后来我睁开眼睛，感觉就像过去了数小时之久，接着我便笑出了声，然后说了声"好"。

四十六年后，当鲍姆加特纳在为人生中的第二次求婚做准备时，他最担心的是，朱迪丝会因为他年纪太大而拒绝他。他和安娜只相差两岁半，但和朱迪丝差了十六岁。五十四岁的朱迪丝依然冲劲十足，而他已经冲不动了，状态好时他也只能慢慢往前走，状态差时甚至连站都站不稳。目前为止，年龄差异尚未在性生活方面给他们造成任何严重影响，至于其他方面的影响，他暂时还没发现。就他所知，至少在眼下的日常生活方面，没什么会危及他们之间的亲密关系。但求婚会带来新的变数，也必然会给她压力，让她去考虑未来的事。而一旦想到十年或二十年以后的生活，想到要和一个八九十岁的糟老头子同床共枕，她可能会吓得落荒而逃。"谢谢，但还是免了吧，我的帅老头子，你到底在说什么呀？"鲍姆加特纳害怕自己可能会遭受的羞辱，但同时他也清楚，如果无法鼓起勇气问出这个问题，他一定会看不起自己，会认为自己是个懦夫，然后慢慢变成一个满腹怨恨的老头，就像普鲁弗洛克[1]那样，终日沉浸在悔恨之中。

她的全名叫朱迪丝·福伊尔，在普林斯顿大学教电影研究。她在千禧年初便来校任教，那时离安娜在科德角遇难还有几年，因此她们有足够的时间成为朋友。安娜痴迷于三四十年代的美国老电影，而朱迪丝似乎比任何人都了解那些电影，因此两人很聊得来。那时，朱迪丝还没和约瑟夫·弗

1　指 T. S. 艾略特的诗作《普鲁弗洛克的情歌》（"The Love Song of J. Alfred Prufrock"）中的主人公，诗中描写了一名中年男子无法对爱人表达爱意的矛盾心理。

雷德里克森离婚，此人曾是一位颇有前途的小说家，但后来失败了，如今只能靠炮制二流的通俗犯罪小说为生。这两对夫妻偶尔会一起外出就餐，或上对方家小聚。鲍姆加特纳从一开始便对朱迪丝抱有好感，对她丈夫则不那么喜欢。不过，对当时的鲍姆加特纳来说，最重要的还是她和安娜有多么一拍即合。安娜的朋友很多，但至交很少，眼看着两人即将成为至交，可后来安娜死了，一切都结束了。在他情绪崩溃的最初几个月里，朱迪丝对他格外好，数次与他在电话里长谈，不时还会上门看望他，这让他对她的喜爱比之前更甚。此外，安娜之死也令她心痛不已，这在某种程度上也给他带来了安慰。接着她去休了一年的学术假，等她回来时，鲍姆加特纳已经陷入对众多寡妇和离异女性的追求之中。这些追求时断时续、漫无目的，范围涵盖了普林斯顿、新不伦瑞克、布鲁克林、曼哈顿，远至长岛东端南北叉半岛之间的设尔特岛等地。这一切都只是瞎忙活，但那些短暂的露水情缘转移了他的注意力，让他有事可干，而对当时的他来说，这是他唯一想做或者说能做的。他和朱迪丝仍保持着联系，但两人不再那么亲密，而且联系的间隔越来越长。接着在二〇一四年，大块头乔·弗雷德里克森和当地一个比他年轻一半的房地产经纪人私奔去了新墨西哥州，于是朱迪丝陷入了长达一年多的痛苦的离婚风波中。就在那时，她又开始给他打电话，寻求他的建议。她说，因为他曾和安娜这样珍贵的人（"珍贵"是她的原话）有过一段长久而美满的婚姻，所以她相信他也能带领她渡过这次难关。接着，她又说他很睿智（除安娜以外，没有人这么形容过他），因此他比别人更值得信赖。鲍姆加特纳对此受宠若惊，又有些不知所措，于是清了清嗓子，问她的孩子们对这件事怎么看。朱迪丝说，所幸两个孩子（埃里克，二十四岁，在科罗拉多州的博尔德市从事计算机工作；莉比，二十二岁，现居伯克利，立志成为纪录片导演）都站在她这边，很高兴她终于摆脱了乔，并分别称他为"那个恶心的家伙"，以及"那坨自我中心的阳刚狗屎"。鲍姆加特纳笑了，接着说，朱迪丝，我觉得你已经胜券在握了。朱迪丝听后也笑了。从那时起，两人的关系便开始踏着从容优雅的舞步向前发展，直到他最终决定要向她求婚。

鲍姆加特纳曾在反复思考后得出过一个结论：虽然朱迪丝和安娜有着许多大大小小的不同点，但她们最大的区别在于，朱迪丝是一位母亲，而安娜不是。他和安娜曾想过要孩子。结婚差不多六年后，两人曾努力做过尝试：无数个夜晚和白天，他们在没有避孕的情况下，尝试了能想到的所有性爱姿势和角度，但均一无所获。于是他们开始看医生，分开看，一起看，看了一次、两次、三次，结果所有医生一致认为，他和安娜两人均不具备生育能力。虽然难以接受，但这是经过三次医学验证的事实，这也意味着，无论他们各自找什么样的伴侣，都无法生孩子。

这无疑是个相当沉重的打击，也是他们共同面对过的最难的一道坎，但至少他们能一起分担这份失落，因为两人对此局面负有同等的责任，这使得他们不可能去怨恨对方，或默默地指责彼此，他们也因此能够像以前一样相爱，甚至比以前爱得更深。有天早上，他们讨论了一会儿领养的可能性，但两人都不太想这么做。他们决定，只要自己的孩子，或者不要孩子。他们不想要一个陌生人的孩子。若命运已注定他们不会有孩子，除了接受，还能怎样呢？随着时光一年年地流逝，他们变成了一对永远年轻的夫妻，或者说一对慢慢老去的孩子。他们没有大多数已婚人士的责任和烦恼，常有人为他们感到惋惜，但也有人羡慕他们。由于没有孩子，他们只为彼此和各自的事业而活。对鲍姆加特纳来说，这一切已足够了，和安娜共度的那些年，他更是觉得心满意足。哪怕如今，当他想到如果当初能有孩子，他们的生活将会多么不同时，他仍觉得这一切已经足够。虽然并非心满意足，但也已足够。

是否做过母亲，这是两人最大的区别，但她们还有许多别的不同，首先便是外貌上的显著差异。虽然从长远来看，这一点对鲍姆加特纳并不重要，但也值得关注。安娜有着游泳健将的流线型身材，胸部小巧，臀部纤细，手臂修长，肩膀方正优雅，还有一头红棕色的短发和一双炯炯有神的灰绿色眼睛。相较之下，朱迪丝的外表则更柔和、圆润，她的臀部更宽，腰身更粗，胸部更丰满，有一双深棕色的眼睛和一头浓密的深棕色秀发。朱迪丝的美，和鲍姆加特纳每次望向安娜时见到的那种光彩熠熠的美不太一样，但落在他眼中仍十分迷人。与身姿矫健、行事利落的安娜相比，朱迪丝的动作更舒缓、慵懒，但每当他望向她时，她那友好、亲切的脸庞总会将他吸引，让他着迷，无法把目光从她身上移开，就像他以前面对安娜时那样。除了安娜和朱迪丝，别的女人都不曾给过他这种感觉。这或许也解释了他为何会先后爱上她俩，会想和她们结婚并共度余生。

　　她们不光外表不同，性情也不同。一方面是先天特质使然，也与她们在襁褓中和蹒跚学步时如何被母亲抚摸、怀抱和照顾有关；但另一方面，也是因为她们在面对近乎相同的成长环境时，做出了不同的反应。鲍姆加特纳生于困苦的中下层家庭，身无分文，对他来说，安娜和朱迪丝成长过程中享有的优渥生活至今仍让他惊诧不已。利奥·布卢姆医生出身贫寒，靠自己努力念完了医学院，后来成为一名耳鼻喉科医生。随着他的事业蒸蒸日上，一九五四年，他和妻子带着他们唯一的孩子，从布鲁克林皇冠高地的一套两居室公寓，搬到了新泽西州利文斯顿镇郊区的一栋错层式大别墅里。此后的十四年，那里一直是安娜的家，直到她念完高中。在那片绿草如茵、树木繁茂的极美之地，小安娜沐浴在父亲的财富所能提供的所有恩宠之中。她有一间属于自己的宽敞卧室，里面堆满了成箱成柜的玩具；她从小就去上钢琴课和芭蕾舞课；她还有许许多多的书、高档的衣物，和营养丰富的健康饮食；她会参加夏令营，生日派对上还有定做的蛋糕；她养了一条狗，那条狗死后，又养了第二条狗。总之，她想要什么就有什么，哪怕她并不想要，父母也会给她。很多时候，她并不想要这一切，至少在十一二岁学会独立思考以后，她便不再想要了。她是个过着上层中产阶级娇生惯养生活的孩子，到那时，她对此情境的态度开始发生转变。她从盲目顺从到消极抵抗，最终开始彻底反抗这一切。她知道父母爱她，她也身不由己地爱着父母，可与此同时，她又对他们感到厌恶，因为他们信奉金钱至上的美国神话。尽管他们也会假惺惺地关心贫苦大众，但他们正是那套将穷人压在轮下无法翻身的制度的受益者，也因此成了所谓的赢家。安娜心想，就让她的父母享受这一切吧，可这与她无关，将来她也不想参与这样荒唐的事。但现在，她仍被困在利文斯顿的城堡里，还只是个势单力薄的少女，除了努力在父母统治的王国里为自己开辟出一块独立领地，她几乎什么也做不了。要捍卫这块领地并非易事，此后几年，她与父母为此交锋无数，不过慢慢地，她学会了让父母尊重她划定的疆界。她会拿自己优异的成绩当挡箭牌，并说如果她对世界的看法恰好与他们不同，他们也只能接受。说到底，是他们鼓励她看书的，现在她已投身书本的世界，并下定决心成为一名诗人，他们应该感到庆幸，因为在过去的一两年里，她没有像她的许多朋友那样误入歧途。就说黛比和艾丽斯吧，她们已经成了爱抽大麻的嬉皮士；还有胖乎乎的莫琳，只要有男生愿意看她一眼，她就会张开双腿表示欢迎；至于安吉拉，她爱上了一个辍学的偷车贼。他们难道不觉得，有一个像她这么乖的女儿，是他们的幸运吗？

高中的最后一年开始几周后，随着安娜对未来的想法愈发坚定，她和父母达成了一项约定。她说，因为她想上也必须去上大学，而他们也想让她上并且很愿意供她去上大学，所以，她将带着感激欣然接受这笔钱，好让自己顺利读完四年大学。但这就到头了，她郑重表示，之后她就是一个彻底独立的成年人，会自谋生路，不会再接受父母、亲戚或任何其他人的帮助。出乎安娜意料的是，她的父亲利奥和母亲蕾切尔对这一声明的反应很平静。这显然是因为，他们觉得自己这个桀骜不驯、固执己见的女儿谈论的是五年后的事，而那时她很可能已经长大、成熟，会回心转意。父亲用他最通情达理的语气对安娜说，你的态度着实叫人钦佩，可哪天你遇到困难了，要怎么办？难道要我们袖手旁观，眼睁睁看着你饿死吗？安娜笑了。不，当然不，她说。话已至此，他们总算让她答应，一旦她陷入困境，便要给他们打电话。之后他们又讨价还价了一番，最终安娜迫使他们同意，所谓"陷入困境"，指的是需要"打破玻璃逃生"的那种"极端紧急情况"。

他们显然低估了她。五年过去了，当年十七岁的安娜现在已经二十二岁，从巴纳德学院院长手中接过学士学位的第二天，她就告别了美国中产阶级公主的生活，直奔马戏团般的新世界。尽管那顶肮脏的马戏团大帐篷里能提供的，不过是克莱蒙特大道的那个狗窝、鲍姆加特纳在西85街的那个更小的狗窝，以及她在海勒图书的那份收入微薄的工作，但这些都不重要，重要的是，她正在自食其力，走属于自己的路。有天早上，鲍姆加特纳开玩笑地朝她伸出一只假装握着麦克风的手，说道：布卢姆小姐，大多数经济学家和社会学家都会把您这种从上层中产阶级沦落到半无产阶级的转变，解读成社会向下流动加剧的一个极端案例。请问您对此怎么看？安娜回答道：谢谢您，鲍姆加特纳先生。我只想对那些教授说一句：你们这些家伙啊，见识还是太少了！

后来便有了十一月二十二日晚上的事：安娜在交织着雾气与恐惧的夜里狂奔，从死神手中逃脱，最终满心欢喜地与鲍姆加特纳定下早日成婚的约定。第二天下午，他们在港务局客运总站登上一辆巴士，前往安娜父母位于利文斯顿的家，去与他们共进感恩节晚餐。在前往目的地的一百零一分钟里，鲍姆加特纳成功说服安娜同意，他们面临的住宿问题确实已能算作是"极端紧急情况"，因为他们需要搬到一个更大的住处，签租约时他们必须一次性付清头尾两个月的租金，还有相当于一个月租金的押金，而残酷的事实是，他们无力承担这笔费用。他理解她有多不愿意接受父母的救济，也明白她为什么要和家里割裂，但今天是他们向安娜父母宣布婚约的日子，她母亲一定会满怀激动地开始谈论婚礼的安排，而这场婚礼无疑已在她母亲的脑海里酝酿了许多年，她肯定想把它办成一场无比奢华的盛宴，这可不是他们俩能受得了的。但不管怎么样，鲍姆加特纳接着说，她的父母都会为此耗费巨资，因此最明智的做法是，让他们不要把钱浪费在一场短暂且毫无意义的庆典上，而是把这笔钱，或至少一部分钱，投资在他们女儿和女婿的未来上，让他们能在一间像样的公寓里安家，让两人共同的未来有一个好的开始。这件事交给我吧，鲍姆加特纳说。他们和你争论了二十年，已经学会了和你斗嘴需要的所有招数，可他们还没和我交过手，要是让我出马，我觉得我们的胜算更大些。我会说婚礼就在市政厅办，有他们俩证婚就够了，之后我们四人再一起去市中心，找一家高档餐厅大吃一顿。这时你母亲一定会反对，说她很失望，不，不只是失望，而是伤心欲绝，接着我就会让她重振精神，我会建议他们在两周后的周日下午，在他们家给我们办一场派对，而这只需要一场盛大婚礼千分之一的花费，类似搞一个开放日活动，他们可以让你穿着性感的黑色紧身小礼服，把你展示给你的两位祖母、五位姨妈、四个叔叔、十二个堂表兄弟姐妹，以及他们的几十位好友。在我的花言巧语说完后，你那善良且务实的父亲，会转头对你那尽管有时会犯糊涂，但极其聪慧的母亲说：这孩子说得有道理，蕾切尔，如果他们真的想要这样的婚礼，那就给他们办这样的婚礼吧。安娜微微一笑，接着眯起眼睛，就像在打量陌生人那样看着鲍姆加特纳，说道：告诉我，鲍姆加特纳先生，你怎么就变成了这样一个阴险狡诈、两面三刀的家伙？鲍姆加特纳先生没有回答，而是亲了亲准新娘的嘴，说道：最后说件事，安娜，昨晚在克莱蒙特大道发生的事，一个字都不要提，好吗？好，她说。今天不提，明天不提，永远也不要提。

他们收到了一万美元作为新婚礼物，那是他们从安娜父母那儿拿的唯一一笔钱。在当时，那笔钱的数额大到他们可以抬头仰望天空，而不再需要害怕天会塌下来。他们在西村的巴罗街上找了一间"两居室半"的温馨公寓。次年秋天，鲍姆加特纳在新学院的哲学系谋到了助理教授的职位，从此两人都可以步行去上班了。此后的十二年，一切如常。两人继续住在巴罗街的安乐窝里，安娜继续在海勒图书工作，从初级编辑升为高级编辑，并开始翻译书；鲍姆加特纳则依旧在新学院教书，从助理教授一路升到了正教授，并写了几本有关阅读现象学和恐惧政治学的著作。他那几本书都是在公寓尽头那间小小的"半居室"里写下的，就在安娜写诗、编辑和翻译书的那个小房间隔壁。这是他们共同生活的黄金时代初期，需要指出的是，如果安娜这个固执的理想主义者没有做出一些妥协，从为她自己而战转变成为他们两人而战，并接受了她父母给的那笔钱，那么后来发生的事都将会是另一番模样。

朱迪丝的情况和安娜一样，但也可以说完全不一样。她来自纽约城外（康涅狄格州的韦斯特波特）一个富裕的犹太家庭，有一个在曼哈顿经营一家商业律师事务所的上进父亲，一个不用工作、喜欢读书的母亲，还有一个弟弟和一个妹妹。朱迪丝和安娜一样有着养尊处优的童年，但她没有安娜那样的挣扎。她欣然接受了自己良好的家境，不曾有过质疑。高中时她加入了啦啦队，高三时当上了班长，成绩优异，朋友无数。后来她去了离家三十英里远的耶鲁大学念书。尽管两人出身相似，但她和安娜毫无或几乎毫无共同之处，而这正是鲍姆加特纳百思不得其解的地方：他为何会爱上两个如此不同的女人？在爱上了率真、随性的安娜以后，他怎么会又爱上了成熟、稳重的朱迪丝？充满自信、引人注目的朱迪丝，如今已是电影圈里声名显赫的大人物，担任过各大电影节的评委，出版过四本著作，第五本也快了。相较之下，充满活力却喜欢沉浸在自己的世界里的安娜，则将她出众的文学才华用来翻译别人的作品，并将自己最好的一面隐藏起来，不让世人知晓她的诗作。

朱迪丝读过那些诗，她知道安娜的诗有多好，而大约九个月前的一天晚上，就在鲍姆加特纳终于意识到朱迪丝对他有多重要后不久，他和朱迪丝并排坐在她家客厅的沙发上，半开玩笑地向她提出了一个离奇的猜想，说安娜在早年——早到那时朱迪丝可能还在念二年级或三年级——的一首诗里就曾预言，他日后会和一位姓福伊尔的女子恋爱。他接着解释道，每当想起福伊尔这个姓时——在德语里是"火"的意思——他就会联想到安娜那首题为《语词》的小诗。那首诗描写了一朵没有名字的小花，那个从沥青路面上跃入她的眼帘、将她迷住的烈焰般的小红点。再联想到安娜姓布卢姆，在德语里是"花"的意思，他猜测，这朵花通过某种炼金术般的奇特方法变成了一团火焰，实际上就是布卢姆变成了福伊尔，也就是说，安娜把火炬传递给了朱迪丝。在那首诗的结尾，鲍姆加特纳先生[1]本人也出现了，他化身为扣眼上别着那朵耀眼的花（火），站在街对面冲着安娜咧嘴笑的小恶魔。他咧嘴笑是因为开心，他想感谢安娜送给他的礼物，也就是你，亲爱的朱迪丝，鲍姆加特纳说，我如烈焰般璀璨的女人，"如黑暗中点燃的火柴那般明亮"。

他想通过这种方式告诉朱迪丝，她在他心目中的地位如今已能比肩安娜。当朱迪丝握起他的一

1　此处原文为德语"Herr"。

只手，举到唇边亲吻时，鲍姆加特纳确信，她明白了他想表达的心意。现在就不顾一切地公开表白还为时尚早，因此他采取了迂回的方式，先通过这种近乎荒唐的文学解读作为试探，直到有一天他能最终鼓起勇气，向她袒露自己的灵魂。那晚之后，他们依旧和从前一样，每周见上两三次，去他家或她家一起做晚饭，饭后如果不去看电影的话，就继续在家聊工作，聊朱迪丝的两个孩子，聊白宫里那位疯疯癫癫的愚比王[1]，或分享彼此的往事，之后便会一起过夜。一切都是老样子，但鲍姆加特纳觉得两人间的距离更近了，之前横亘在他们之间的无形屏障（谨慎？自我怀疑？恐惧？）正逐渐瓦解。后来鲍姆加特纳就做了那晚的梦，和安娜一起在记忆宫殿里走了很长一段路，回来之后，他的谨慎、自我怀疑和恐惧便都慢慢消散了。朱迪丝和安娜毫无共同之处，这一点仍让他感到困惑，但他不再认为这表明他对待生活的态度有问题、自相矛盾，而是把

1　愚比王（Ubu）是法国剧作家阿尔弗雷德·雅里（Alfred Jarry，1873—1907）在《愚比王》中塑造的角色，已成为形容荒谬、专制或滑稽可笑的领导人的代名词。

它看作一件好事。朱迪丝不是安娜，假如有一天，他真能说服她嫁给自己，他们的生活也不会是他与安娜生活的延续，而是一种全然不同的新生活。对他这个岁数的人来说，还能奢望比这更好的事吗？这是一个重新开始的机会，一个再次去冒险的机会，一个让他再次驶向吉凶未卜的海面去乘风破浪的机会。

　　这天是二〇一八年八月十一日，周六。傍晚七点，鲍姆加特纳从家里出发，他要步行去四个街区外的朱迪丝家。他右臂弯里夹着十二枝红玫瑰，左手牢牢抓着无刺的花茎，琢磨着今晚向朱迪丝求婚的最佳时间和地点。宜早不宜迟，他心想，因为越拖只会让他越紧张。既然越早越好，不如速战速决。他开始在脑海中想象到时的场景，大概会是这样：她一开门，他就把花递给她，她会微笑着轻吻他的脸颊以示感谢，接着两人会去厨房，拆开玫瑰的包装，再找一个花瓶把它们插进去。他觉得厨房是一个很惬意、私密的地方，无疑最适合在此讨论难以开口的人生大事。朱迪丝修剪花茎时，他会给花瓶灌水，然后将其从水槽里端到她身前的厨房台面上。她会把花插入瓶中，精心摆弄一番，反复调整花枝的位置，直到满意为止。这时，他会从身后走近她，双手搂住她的腰，把脸凑上去，直到他的嘴唇轻贴着她的脖颈，然后用最温柔、最诚恳的语气对她说：我一直在想……

新泽西州中部又一个炎热的下午结束了，这里以蔓越莓沼泽、成群的蚊虫、漫长而潮湿的夏季闻名。当鲍姆加特纳来到朱迪丝家所在的那条路时，他的衬衫已经被汗水湿透了，这跟他出门时预料的一样。离太阳下山还有一个小时，但天空中已开始显现出黄昏和黑夜悄然逼近的迹象，云朵边缘泛起了淡淡的粉色和橙色，远处还能看到一群燕子正准备归巢，这些细微的美景弥补了汗流浃背的不适。此时，鲍姆加特纳已来到了朱迪丝所在的街区，再走过六栋房子就到她家了。他感到肺部发紧，胃也开始难受，可即使紧张的情绪正在全身蔓延，他还是强迫自己加快了脚步，因为他知道，他必须把这件事坚持到底，哪怕会因此丧命也在所不惜。他向左拐进朱迪丝家门前的小道，稍停片刻，重新整理了一下怀里的花，又稍停片刻，补充了一下肺部的空气，又过了片刻后，他按响了门铃。

最开始，一切都如他想象的那般进行，可当他等花收拾好，接着从身后搂住朱迪丝时，他开口说的第一句话并不是"我一直在想……"，而是问了一个问题：你觉得这样够吗，还是想要更多？这个问题含义模糊，且措辞生硬，朱迪丝一时没听明白。她问他："这样"指的是什么？想要更多，又是指更多什么？她说这个问题真奇怪，因为此刻她站在厨房里，他的双臂搂着她的身体，他的嘴唇轻拂着她的脖颈，这让她感到心满意足，既然已经心满意足，又怎么还能要求更多呢？鲍姆加特纳为自己表达不清而道歉。他说他指的不是此刻，此刻再好不过了，再完美不过了——他停下来亲了亲她的脖子——但正是因为他和她有同样的感受——又亲了亲她的脖子——正是因为他们在过去几年里共同积累的感情是如此深厚，如此美好，他才问了那个愚蠢的问题，想知道她是希望原地踏步，还是想做出一些改变——他一边抚摸她的胸部，一边再次亲吻她的脖子——因为事实是，他说，他已不再满足于每周只能见她两三次，他希望他们能有更多时间、尽可能多的时间在一起，所以他想知道她是否也这样考虑过，如果没有，那她对这样的想法是支持还是反对？

啊，朱迪丝说，现在她明白了。上百个小陀螺正在他那发达的大脑袋里飞速旋转，而他希望他们能坐下来谈谈，对吧？她把左臂从他怀里抽出，指了指餐桌的方向，于是鲍姆加特纳垂下了原本搂着她的双臂。朱迪丝穿着她那双优雅的中式拖鞋，迈着轻盈的脚步往冰箱走去，她要去拿一瓶冰葡萄酒。与此同时，鲍姆加特纳从厨房台面上方的橱柜里取出两个酒杯，又从底下的抽屉里拿出了一个开瓶器。他把酒杯和开瓶器放到餐桌上后，朱迪丝也把那瓶葡萄酒放到了它们边上。两人各抽出一把椅子，在桌子两旁面对面坐下，决定性的时刻即将到来。

鲍姆加特纳打开瓶子，倒了两杯酒，接着两

人冲彼此举杯，各抿了一口。他们把酒杯重新放回桌上后，朱迪丝开口了。

她说他们共同创造出了一段美妙的关系，她从未遇到过一个能让她感到如此幸福的男人。这一点毋庸置疑。她爱他，她知道他也爱她，哪怕他不曾明说。现在她对他的心思有了更细致入微的了解，她知道，他所说的希望两人能有更多时间在一起，是想给几分钟后他准备提出的一个远比这更重要的问题做铺垫。

你一眼就看穿了我的心思，对吗？鲍姆加特纳说。

也不算是。只是在过去的两个月里，我也曾无数次问过自己同样的问题。

那你有答案了吗？

我的答案是，每当想到那个问题，我就无比激动。我的答案是，每当想到那个问题，我就无比害怕。我的答案是，我还需要更多时间才能给出答案，而眼下，我希望我们能继续以之前的方式相处，把余下的问题交给未来去解答。

当鲍姆加特纳听明白她最后那句话的意思时，他开始恍惚起来。他觉得脑袋有些不对劲，仿佛颅骨突然胀开了，被大片的空白填满，越填越满，直到他感到头昏脑涨，思绪纷飞，越飘越远。他觉得自己就像一个拳击手，参加了超出自身重量级的比赛，被人打了一记重重的左勾拳，但仍未丧失意识，仍未倒地接受倒计时，就在他晃晃悠悠地从拳台上站起来时，他说出了以下这段话：在我们开始同床共枕之前，我已经一个人生活了八年。那时我并没有感到太孤独，我在一种可以忍受的痛苦畸零中浑浑噩噩地生活着。可自从你走进了我的生活，我的生活就被改变了，现在我已不愿一个人生活。如果我们在我家过夜，当你早上离开后，我将不得不独守空房，心想要是你还在该有多好；而如果是在你这里过夜，不得不在早上离开的人是我，要回到那个空荡荡、阴森森的房子里的人也还是我。孤独真要命，朱迪丝，它会一点一点将你彻底吞噬。没有与他人的联系，就没有生活。而如果你足够幸运，能与另一个人建立如此紧密的联系，以至于你把对方看得和自己一样重要，那么生活将不仅仅成为一件可能的事，它会成为一件美好的事。我们拥有的便是这样的美好，但它还不够好，至少对我来说是这样。我不明白的是，为什么你这么害怕和我结婚。

他能看出朱迪丝在极为认真地整理思绪，接着，她用无比温柔的声音说道：西，我们的情况完全不一样。在失去安娜之前，你和她度过了一段漫长而美好的婚姻，她走后，你心痛了许多年。而我是从一段漫长而残酷的婚姻中走出来的，那个男人后来令我深感厌恶，他收拾东西走人时，我高兴极了。这件事才过去四年，这四年来我一直过得很自由，当然，我还要对自己的工作负责，但除此之外，我的事都是我自己说了算。这也是我为什么这么频繁地去纽约，因为我想去。各种各样的活动都会邀请我，如果有我想去的研讨会、电影放映会或首映式，我就会去。我喜欢这种忙忙碌碌的感觉，这让我充满活力，等我回到普林斯顿，又能继续给学生们上课，继续和你在一起，我怎么还能奢求更多？我爱你，西，只要你愿意忍受我，我希望能爱你到永远。这是我一直梦寐以求的生活，我只想沉醉其中，尽情地享受当下。

　　他们谈了一个半小时，但不出半小时，两人就开始重复自己说过的话，围绕着同一个问题兜圈子，只是处理问题的方式稍有变化。尽管对于接下来该怎么做，两人的立场截然相反，但彼此都能理解、体会对方的观点。鲍姆加特纳说，他非常支持朱迪丝对自由、自主和自我实现的追求，但他想不通，她为什么会认为，这一切在他们同居后就会被剥夺。这就又回到了那个敏感的话题，即他们的上一段婚姻。虽然他和安娜在同一屋檐下生活时，都获得了自由和自我实现，但朱迪丝却被尖酸刻薄、喜欢夸夸其谈的乔压得越来越喘不过气。她说正因如此，她才犹豫不决，无法纵身一跃，他却会在跳板上跃跃欲试，迫不及待地想跳下去。她说她需要时间，而在她还没做好准备时，他不能逼着她做决定。鲍姆加特纳明白，她说的这句话很有道理，并且几乎算是对他的一种警告，因此他选择了退让，没有再继续争辩，而是闭上了嘴。他本想对她说，这一切与安娜或乔都无关，这件事之所以对他而言更为紧迫，是因为他没有她那么多的时间了，而谁知道她还需要多少时间才能准备好，很可能等她准备好做决定时，他已经死了。不过，在他明智地保持沉默之后，房间里的紧张气氛开始缓和，没过多久，她便做出了一个虽小却颇为重要的让步。他对她说，他们现在"每周见上两三天"的约定太过含糊，已经成了一个难题。每周二和周四这两天基本上已经确定了，但第三天却始终是个麻烦，一再导致他们不得不手忙脚乱地打电话、发信息，以确定这周是否要再见上一次。如果要见，还得再手忙脚乱地确定见面时间、地点和其他具体的安排。而如果最后又决定不见了，他不可避免地会对自己产生厌恶，觉得自己忙活了半天，结果却是一场空。鲍姆加特纳说，你需要更多时间来考虑那个重大问题，这一点我不反对，但在这个小得多的问题上，我觉得确定一下第三天的日期对我们都好。既然这一天本就经常落在周六，我们就定在每周六见吧，风雨无阻！如果那天你刚好想去纽约，不管是去参加研讨会、放映会或者首映式，我都陪着你，活动结束后，我们就在一家豪华酒店过夜，周日早上再点两份早午餐，让服务员送到房间来。当然，如果你已经在第二大道的秘密洞穴里藏了一位俊俏情郎，那我就不勉强了。

鲍姆加特纳对电影硬汉的拙劣模仿让朱迪丝笑得脸都僵了。她说，这位先生，别给我耍贫嘴。我生命中只有一位俊俏情郎，明白吗？他的姓名缩写和你的一样，明白吗？所以闭上你的嘴，快吻我。

他们的对话到此便结束了。朱迪丝拒绝了他，但同时又给了他一点甜头。他知道自己该为这点甜头心怀感激，他也觉得自己应该是心怀感激的，但在期待如此之高，却得到如此之少后，他意识到，自己已沦为一个徘徊在皇宫后门的乞丐，只能向后厨的侍女乞讨一些皇后的残羹剩饭。

次日下午走回家时——四天后就是安娜的十周年忌日——他知道自己这辈子不会再结婚了。

朱迪丝会一直拖着他，直到他要么心灰意冷地离开，要么留在她身边，继续按她的规矩与她相处，直到她离开他的那一天。他对她来说太老了，她绝不会嫁给他的。虽然她以自己的方式爱着他，也许爱得和他一样深，但他只是她生命中的一段插曲，她需要借此从乔多年来带给她的创伤中恢复，而一旦彻底痊愈，她就会投入一个比他更年轻、更有活力的人的怀抱，只能是这样。

鉴于这一切都在接下来的九个月里发生了，而且朱迪丝不仅为了另一个男人离开了鲍姆加特纳，还从新泽西搬去了加利福尼亚，去加州大学洛杉矶分校电影系担任教授，我们就不再详述那几个月的事了。让我们还是以鲍姆加特纳从朱迪丝那儿走回家那天的事为本章结尾。回到家一小时后，鲍姆加特纳握着笔坐在书桌旁，草草写下了一则简短的寓言。过去这些年里，他写下过许多这样无足轻重的寓言故事，写完就扔进抽屉，从未拿给任何人看过，连安娜也不例外。尽管如此，他还是会在心绪恶劣时写这些寓言。那天下午，鲍姆加特纳的情绪正处于低谷，他觉得自己已失去了最后一次获得爱情的机会，为此他心痛不已。也许，下面这则古怪的寓言能帮助读者理解主人公在那一天那个时刻的心境。

终身写作之刑

刚满十七岁时，我就被北区的首席法官判了刑，他判我必须终身从事写作。那是半个多世纪前的事了，从那以后，我一直独自生活在七号监狱三楼的一间牢房里。我承认当局的这项刑罚很严厉，但说句公道话，我的牢门从未上锁，毫无疑问，只要我愿意，随时可以离开。倒不是说我从未动过这样的念头，但出于某些我自己都不完全明了的原因，我选择了留下。

我的牢房看守从未和我说过一句话。他如今已是一位老人，至少也和我一样老了。五十多年来，他每天给我送三次饭。在头二十年里，他每次走进牢房看到我在伏案写作时，都会哈哈大笑。他每天要这样笑三次。之后的二十年里，他改成了捂着嘴偷笑。而现在，他只会摇头叹气了。

在和我相隔两扇门的另一间牢房里，曾住着一名叫布伦森或是布朗森的囚犯，我们偶尔会聊两句，说这里的食物有多糟，床上的毯子有多薄，但布伦森或是布朗森已经五六年没和我说过话了，这很可能意味着他已经死了。他们一定是趁某天晚上我睡着的时候把他抬走了。

最近过道里很安静，因此我怀疑，这座监狱的单独监禁区里只剩我一人了。我想这听上去很孤独，但实际上并没有那么糟。写作很费劲，而费劲就得全神贯注。要写出一部由句子组成的作品，我就无法停止写作，因此我一整天都得保持全神贯注，这让我的日子过得飞快，在我看来，表盘上的一小时就像一分钟那样短暂。五十多年的时光飞逝而过，我的人生仿佛稍纵即逝。我已经老了，但由于日子过得飞快，我总觉得自己依然年轻。只要还握得住笔，还能看清眼前的句子，我想我会一直按部就班地写下去，就像我刚来时那样。要是有一天实在坚持不下去了，我只要起身离开便可。如果那时我已经老得走不动了，我会请我的看守帮忙。我想他一定很高兴见到我离开。

四

一年零一个月后，鲍姆加特纳坐在同一个房间的同一张书桌前，思索着是保留刚刚写下的句子，还是划掉重写。他把它划掉了，但在开始重写之前，他吃力地从椅子上站起身，走到打开的窗前，向后院望去。这是九月中旬一个阳光灿烂的下午，天气好得蛮不讲理，仿佛要冲进屋子，揪住你的衣领，一脚把你踢到室外去。因此，鲍姆加特纳没有回到书桌前，继续与那个句子反复搏斗，而是屈服于天气的诱惑，从屋里走出，来到了后院，在后院露台和山茱萸树之间的草坪椅上坐了下来。他拍了拍衬衫的左前口袋，发现里面空空如也：一定是昨天把墨镜落在卧室里了。尽管这天下午的阳光格外耀眼，但他懒得再回屋去找墨镜了。他对自己说，在如此晴朗的日子，就用赤裸的双眼去尽情领略这普照世界的阳光吧。

他抬起头，眯着眼睛望向天空，有一只鸟从他头顶飞过。多美的白云啊，他自言自语道。如此洁白的云朵与蓝天相映成趣，这绝对是他数年来见过的最蓝的天。真令人赞叹，他心想。大地在燃烧，世界在毁灭，但暂时还有像今天这样的日子，他不妨先享受着吧。谁知道他以后还会不会遇上这样的好天气呢？真要说起来，谁知道他还有没有以后呢？倒不是说他觉得自己活不到明天，但他的年纪摆在那里，由不得他不认。他已经七十一岁了，眼看六周后又要过生日了，而人一旦迈入这个渐无生趣的年纪，一切就都难说了。

鲍姆加特纳低下头，本想打量脚下的草地，他的目光却在半路上被曾经平坦、如今已有些发福的腹部，以及他裤子上的拉链俘虏了。他原本以为拉链拉好了，没想到竟大敞着。鲍姆加特纳大吃一惊。又来了！他暗自叫苦道。你这个蠢货，再这样下去，用不了多久你连自己的名字都要忘啦。

他在四五十岁的时候就开始注意到，许多上

了年纪的朋友和同事在去完厕所后都会忘记拉拉链。那些七八十岁的白发老人会晃晃悠悠地回到餐厅的座位上，浑然不知自己的皮带下方正门洞大开。起初，鲍姆加特纳觉得这样的疏忽无伤大雅，还挺有趣。后来，在觉得有趣的同时，他也感到了几分悲哀。再后来，他就一点都不觉得有趣了，而只是感到悲哀。因为那时，他已经见过太多这样的事，明白敞开的裤裆是末日的开始，是滑向深渊的第一步。如今，这也开始发生在他身上了——过去两周里发生了四次——他想知道还有几个月或者几年，自己就会正式成为开裆老人俱乐部的一员。

没有办法，他心想，一点办法都没有。人老了，必然会经历短期记忆的衰退，不是忘了拉拉链，就是拿着眼镜满屋子找眼镜，要么就是本来要下楼去客厅拿一本书，再去厨房给自己倒一杯果汁，结果上楼时发现书拿了，果汁却忘了倒，或者倒了果汁却忘了拿书，又或者下楼后被别的事分了心，结果把那两件事都忘了，最后两手空空上了楼，甚至想不起来自己最初为何要下楼。并不是说他年轻时不曾做过这样的事，或者不曾突然忘了某位女演员、作家或商务部长的名字，但随着年纪渐长，这种情况会越来越频繁，一旦它们开始频繁到你已经搞不清楚自己身处何时、身在何地时，你就完了——人还活着，但已经完了。以前人们管这叫"老年痴呆"，现在的叫法是"失智症"。但不管怎样，鲍姆加特纳知道，就算他最终会走到那一步，也还有很长的一段路要走。他还能思考，而只要还能思考，就还能写作，哪怕他写得比之前要慢一些，但结果是差不多的。值得庆幸。他庆幸《方向谜盘》进展顺利，也庆幸自己今天提早停了笔，在这样一个美好的午后坐在院子里，任凭思绪飘向想去的地方。在他的思绪围绕着短期记忆这件事打转时，他也开始思考起了长期记忆，而一想到"长期"这个词，很久以前的画面便在他脑海深处的角落里闪烁起来。他突然有一种冲动，想去那片杂草丛生的角落里探寻一番，看会发现些什么。于是，鲍姆加特纳不再去看蓝天、白云和青草，而是闭上眼睛，靠在椅子上，把脸迎向太阳，让自己放松下来。整个世界就像一团红色的火焰，在他的眼睑表面燃烧。他不断地吸气、呼气，吸气、呼气，将空气从鼻孔吸入，再从微张的嘴唇呼出，这样过了二三十秒后，遥远的记忆开始浮现。

他最先回想起的，是一九五六年春天他们一家人去华盛顿的那次旅行，那是他那对忙于生计以至身心俱疲的父母唯一一次能抽出足够长的时间，带他们去比纽瓦克市郊更远的地方旅行。那次旅行也是他们一家四口第一次在自家公寓以外的地方过夜。他们的公寓位于莱昂斯大道上，楼下就是鲍姆加特纳父母经营的女装店，叫"特罗卡德罗时装店"，利润微薄，主要服务周边的中下阶层妇女。那时鲍姆加特纳八岁半，小内奥米还不到五岁。周五早上七点（鲍姆加特纳童年时，唯一被允许翘课就是在那一天），他父亲在特罗卡德罗时装店的大门上挂了一块牌子，上面写着：**周一回来**。接着，他们四人挤进了自家那辆一九五〇年由"克兰克斯维尔[1]流水线"生产、车身布满凹痕的蓝色雪佛兰轿车，出发前往首都。那天阳光灿烂，天很蓝，云很白，和今天下午的天气格外相似，可能正因如此，鲍姆加特纳才会回忆起那天的事。到了首都，他们住进一家酒店（名字记不清了，只记得有"酒店"这两个字），这是他和妹妹第一次住酒店。据母亲说，这也是十三年前在卡茨基尔度蜜月以来，她和他们父亲第一次住酒店。当时的内奥米满脑子都是精灵公主、邪恶巫师和穿着紧身衣、戴着天鹅绒帽的英雄少年故事，对她来说，这家酒店是如此富丽堂皇，因此它必须是而且肯定是一座魔法城堡。不过，在鲍姆加特纳更为清醒的眼光看来，这个地方相当残破，不光地毯有磨损，浴室的天花板上还有水渍。

那时刚过两点。他和父母在房间里整理了一会儿行李，内奥米则在相邻的房间里来回奔跑，并好几次一头扎到床上，在这短暂的停留过后，他们

1　克兰克斯维尔（Clunkersville）一词为作者生造，由"clunker"（破车）和常见地名后缀"ville"结合而成。

便在五月宜人的天气里出门观光了。他们去看了国会大厦、白宫、最高法院大楼、盛开的樱花树、国家广场、华盛顿纪念碑，以及坐在宏伟的大理石椅上的那位圣人[1]。然而，当一家人在城市的街头漫步时，他妹妹却不知为何越来越焦躁不安，直到最后哭了出来。我想去华盛顿！她大喊道。可你就在华盛顿啊，鲍姆加特纳和父母都对她说道。你看看四周。你看到的一切都是华盛顿。不，她边哭边坚持说，我说的不是这个华盛顿，而是真正的华盛顿！没人能听懂她的意思。由于找不到办法安慰她，鲍姆加特纳的父亲只得一把将她举起抱在怀里，这样他们才能继续前行。不出两分钟她便睡着了。半小时后，他们回到了酒店，可进门没多久她就醒了。她环顾了一圈酒店大堂，终于露出了微笑。现在好多了，她说。我们总算回到了真正的华盛顿。

小时候，她多么崇拜他啊。在她周期性地陷入无法自拔的情绪风暴，因此迷失方向时，他是守护她、给她讲道理、安慰她的哥哥，会给她讲有趣

1　指林肯纪念堂里的林肯雕像。

的故事，说他左肩上住着的隐形小人总去捉弄那些在他右肩上露营的坏蛋。在她眼中，他曾是能创造奇迹、为她抵挡世间一切风雨、无所不能的西，是她曾无比仰慕的人。可当他走出自己的童年，跌跌撞撞地步入青春期时，他抛下了她。他渐渐得出一个令人绝望的结论：这个家不宜久留。他厌恶那间拥挤、丑陋的公寓，以及公寓楼下那家可怜的女装店，因此他和她、和这个家的一切渐行渐远，转而投身朋友们的世界，没过多久，他便走出了纽瓦克，去往更为广阔的天地。他很幸运，由于天资聪慧，他在十二岁那年跳了一级，加上他的生日在十一月，所以他十六岁时便从威夸希克高中毕业，带着四年奖学金远走高飞去了俄亥俄乡间的欧柏林学院（他只花了三年半就念完了大学），留下十二岁的内奥米一个人在女装店楼上那间凄凉的公寓里自生自灭。就这样，她幼年时善良的王子蜕变为一只无情无义、该受谴责的癞蛤蟆。也可以说他变成了一坨屎[1]，或者一只像屎的癞蛤蟆。

1 英文里癞蛤蟆（toad）和屎（turd）的写法、读音均较为相近。

他不怪内奥米对他心存怨恨。他当时太年轻，太沉浸在自己的世界里，无暇顾及这个脆弱又乖张的小家伙；她碰巧和他有同一对父母，他们在内奥米三岁时把他的房间给了她，害他只能在客厅的折叠沙发上过夜，而且不得不在学校图书馆或住在附近的同学迪基·伯恩鲍姆家写作业——他也没觉得这是他的责任，毕竟他在内奥米那么大的时候，没有人守护过他，因此他觉得她应该也能照顾好自己。他这么想算是半对半错。之所以说他对，是因为内奥米长大后并没有成为一个精神错乱的疯女人，而只是一个敏感、神经质的普通人，她的智力足够上大学，长相也足够吸引不少年轻男子的追求，其中一个还和她结了婚。但如果他以为，内奥米有一天能放下对他的憎恶，那他就错了：他多了不起啊，他可是拿了奖学金、本科时在巴黎交换过一年的天之骄子，是自视甚高的万事通先生，被误诊出心脏杂音而没有通过征兵体检后，他拍拍屁股就浪迹天涯去了，在接下来的七个月里四处游荡，打各种零工——在米苏拉给木匠打下手，在圣保罗做搬运工，在芝加哥洗盘子，在查尔斯顿刷墙——除了偶尔寄来一张明信片，几乎音信全无，接着便去了哥伦比亚读研究生，在此期间又去巴黎交换了一年，写了那篇关于梅洛什么蒂来着的论文——好像谁他妈在乎一个已经死了的法国哲学家似的——然后便去新学院谋到了一份助理教授的闲差事；而她呢，不过是他低人一等的妹妹，是蒙特克莱尔州立师范学院的毕业生，一名古板的中学女教师，深陷在现实生活的战壕中，没法满脑子不切实际的想法，大摇大摆地装出一副该死的知识分子的样子。鲍姆加特纳总爱对她说：不管你怎么想，内奥米，我的想法其实和你是一样的。没有你，这个世界就没有未来。但是没有我，未来照样好好的。我和你没法比。没错，我们都是老师，但你的工作远比我的重要。对此，内奥米的回应是：呵！

想到这里，鲍姆加特纳突然停下思绪，问自己他妈的到底在干什么。他为什么要去想这些已于事无补的回忆？他应该拿着小耙子和小铲子，去记忆的森林里满地寻找，挖掘新石器时代的小宝藏：比如他十二岁第一次偷喝威士忌时，那种呛鼻子、辣喉咙的感觉；比如他在经历青春期的第一次勃起时，涌遍全身的那股神秘的暖意；又比如十五岁那年，他第一次听到《马太受难曲》时，那种令人怆然泪下、撕心裂肺的感觉。或者，稍微调整一下视角，去重温幼年时，在齐腰高的雪堆间行走的时光，稍大一些时在树上攀爬的日子，以及再大一些时，被一个身穿黑色皮衣的反犹白痴打了一拳后，他是如何挥拳反击的。又或者，想到这里，他更应该探究的是，为什么一些随机的瞬间会在记忆中长存，而一些按说更重要的时刻却被永远遗忘了？比如，他已经完全想不起高中毕业典礼上的场景，他第一辆自行车的颜色也在时光中被抹去，至于他在新学院任教的第一个学期里，那些每周三次起早去上他那门前苏格拉底哲学课的学生，他也已毫无印象，哪怕一个名字、一张脸都不记得。他却还记得半个世纪前在火车上遇见的一个小女孩，而且曾无数次想起她。他甚至从未和那个女孩说过话，可为什么他记得的人偏偏是她，而不是那十几个学生中的一个？

那是一九六八年的夏末，在持续数月的沉默、体力劳动和无情的自我剖析后，他艰苦的漂泊之旅即将结束。那是血与火交织的大动荡之年，是全美国集体遭遇精神危机的一年，而他正搭乘廉价的运奶列车从查尔斯顿前往纽约。这趟列车全程需要二十四小时，每经过一个穷乡僻壤都会停靠。列车驶过六七站后，那个小女孩和母亲一起上了车。这是一对穿戴齐整的黑人母女，在鲍姆加特纳看来，她们周日去教堂做礼拜想必就是这么穿的。当时，《吉姆·克劳法》虽在法律意义上已被废除，却仍死而未僵，两个南方黑人此时踏上一列种族混合列车，意味着她们要在白人审视的目光下度过数小时的车程，而这就要求她们以最好的面貌示人，表现出最稳重、得体的行为举止。母女两人坐在鲍姆加特纳前面两排，在过道的另一侧，加之她们朝南坐，而鲍姆加特纳朝北坐，所以她们一路上的表现他都尽收眼底。如果他没记错的话，她们全程坐了九个多小时的车，直到在华盛顿下车。他忘了她们是自带了食物，还是在列车停靠时用的餐，但他记得小女孩戴着一副崭新的白手套，就像这天下午头顶飘过的白云一样洁白无瑕，穿着一件上浆并熨烫定型过的宴会礼裙，颜色他已记不清了，白色的短袜，以及一双油光锃亮的黑色玛丽珍鞋。她是一个被打扮得漂漂亮亮、让人刮目相看的小人儿，这表明她得到了母亲无微不至的照顾。但更让鲍姆加特纳难忘的是，在漫长的旅途中，小家伙始终保持着自制力，一路上都把两手合拢放在腿上，一动不动地坐着，肩膀向后，脊背挺直，姿势非常端正，只是偶尔扭头看看窗外，或在母亲耳边说点什么，或听母亲在她耳边说点什么，然后点头、摇头或微笑以示回应。在那趟缓慢行驶的列车上，她没有洋娃娃，没有书，也没有玩具可以解闷，这意味着她只是坐在那里，望向前方，可能在思考，可能在遐想，也可能在沉思，就像鲍姆加特纳平时思考、遐想或沉思时那样。内奥米在她那么大的时候，会坐立不安，甚至在两倍于她的年纪时，还会继续满腹牢骚、抱怨不停，但这个小女孩却从未如此。鲍姆加特纳一边继续观察这个与众不同的孩子，一边心想，她的表现是出于骄傲还是恐惧，或者二者皆有？她母亲显然教导过她在旅途中该如何表现，但他不知道这些教导是否也伴随着威胁：如果她的表现达不到预期，是否会有严厉的后果，也许是一顿毒打或其他可怕的惩罚。不过在鲍姆加特纳看来，女孩的母亲是一个善良的人，尽管环境迫使她心存警惕，可她依然是一位善良的母亲，通过言传身教来训练女儿如何在当下的美国生存。因此，他觉得更大的可能是，女孩出于对母亲的崇拜，想要在所有事情上都效法她，因此不假思索地遵循了母亲的教导，而非出于恐惧才这么做。最终，小女孩把头靠在母亲的肩膀上，闭上眼睛睡着了。母亲伸手搂着女儿，低头看了她一会儿，然后把头转向了窗外。在接下来的旅途中，她始终专注于沿途的风景，直到她们抵达华盛顿。

两年后，他在另一趟列车上遇见了另一个孩子，这次是一个十岁或十一岁的男孩，和一趟在隧道中疾驰的巴黎地铁列车。他记不清那趟地铁是从哪儿开到哪儿的了，也记不清是什么季节，或是一天中的什么时候。不过他猜当时是傍晚，因为车厢里相当拥挤，而且每过一站，就挤得越厉害。嘈杂的老式车厢的金属轮子在铁轨上呼啸而过，鲍姆加特纳稳稳地坐在座位上，许多乘客则抓着扶手杆或吊环站着。木质的车厢门很漂亮，涂着清漆，把手是银色的，乘客必须将球形把手推上去，门才会弹开。他依然能看见那些事物，依然能感受到那些事物，往昔虽已远去却从未消逝，留下那些不可磨灭的残余。他当时一定是在读书或看报时偶然抬头，发现了那对父子，他们就站在他身前的某根杆子附近，父子二人面对面站着，大部分时候都很沉默，只是偶尔会凑向对方说上两句，但地铁的车轮声实在太吵，他们说的话鲍姆加特纳一个字也听不清。那个男孩长得很好看，中等身材，不胖也不瘦，肤色既不太深也不太浅，虽尚未成熟，但看上去是个懂事、乖巧的孩子。他应该是和父亲一起出门旅行，从男孩的表情来看，鲍姆加特纳似乎觉察到了一丝淡淡的满足感，这表明对男孩来说，和父亲单独旅行是件难得的事。至于那位父亲，看上去似乎不过是一坨人肉，大腹便便，面如死灰，可能是一个职位低微的公务人员、银行职员或其他办公室职员。他是那种很乏味的人，最多四十出头的年纪，却已被工作、生活或这个世界压垮，再也没有重新站起来的希望了。尽管鲍姆加特纳告诉自己，那位父亲或许并非他想象的那个样子，但他就是那么想的。不过他也知道，那个看上去前途光明的男孩长大后，也可能会是个小偷或抢劫犯，而那位看起来疲惫不堪的父亲，或许其实是个内心刚毅、坚韧不拔的杰出典范。就在鲍姆加特纳这样漫无边际地猜想时（他至今仍能清晰地记得这些想法），男孩凑到父亲身前说了句什么，没过多久，父亲突然给了他一记耳光。这记耳光又重又狠，响亮得就像枪声，迅猛得就像一枚射向男孩胸膛的子弹。四十九年来，鲍姆加特纳一直想知道男孩到底说了什么，竟招来如此极端且侮辱人的回应。他明白自己永远无法知道答案，但他仍不停问自己，到底是为什么。男孩被打蒙了，愣在原地一动不动，过了几秒钟才反应过来。他伸手按着被打的脸颊（他的脸那时一定刺痛得厉害），接着低头望向地面，强忍着已在眼中打转的泪水。他的脸因痛苦而变得扭曲。男孩的父亲在一旁看着，他的心里也默默痛苦着，被自己刚才的行为吓到了，那从他手里迸发而出，驱使他攻击自己儿子的怒火令他感到害怕，仿佛这是他在成为一名父亲后，第一次体会到父亲对儿子拥有怎样不受限制的权力，而滥用这种权力意味着让自己变成一个暴君、一个恶棍。无论男人当时心里作何感想，他都没法鼓起勇气和儿子说话。男孩此时已哭出声来，一直低头看着地板。一筹莫展的父亲把手伸进口袋，掏出一块手帕递到男孩身前。男孩始终不肯抬起头来，但由于手帕的位置放得够低，他能看见。他拿起手帕盖住自己的脸，但仍不肯抬头。父亲没有说话。二十秒后，鲍姆加特纳到站了。他从座位上站起身，走到一扇车门前，将金属门把手往上一推，在车厢门打开后下了车。他转身想最后看一眼那对父子，却被一群新上车的乘客挡住了视线。

鲍姆加特纳的父亲从未扇过他耳光，也不曾对他拳脚相向，甚至连他的屁股都没打过。但他父亲那时已上了年纪，谁知道如果他是在更年轻、更有精力时就做了父亲，会不会隔三岔五地打他一顿呢。一九〇五年生于华沙，一九六五年死于纽瓦克，以如今的标准来看，并不算长寿。可一个每天抽四包烟，主要靠罗宋汤、腌鲱鱼和水煮蛋维生的人，又怎么能指望自己活到耄耋之年呢？他得的不是肺癌，而是肺栓塞，结果都一样，只不过肺栓塞让你死得更快、更干脆：一团巨大的血块从腿部上行，侵入左肺，转眼间你就成了宇宙中的一粒尘埃。

想到这里，鲍姆加特纳再次突然停下思绪，问自己到底在干什么——这是五分钟内他第二次这么做。这天下午，他最不想做的便是去想与家人有关的事，可他的回忆之旅偏偏始于一家人去华盛顿的那次旅行，接着便想到了他妹妹的那些破事，现在又想到他父亲。他曾试着让自己想些别的，可

144

即便在回忆火车上那对母女和地铁上那对父子的故事时，他依然会想到自己和父母的关系。他现在明白了，这么多年来，他之所以对那两个孩子念念不忘，是因为他把他们看作了自己童年的替身。既然他总是身不由己地踏进那片记忆禁区，并且无法逃脱——因为这么做实际上正是出于他自身的意愿——那就去他的吧，鲍姆加特纳对自己说，就让我们给这匹老马装上鞍，一直骑到终点吧。

特库姆塞[1]，这个名字是关键，或许比别的一切都更为关键。这是他那脾气火暴、特立独行的父亲给他取的中间名。正是这个中间名让他可以丢弃"西摩"这个糟糕的名字，并在自己的职业生涯和出版著作中使用"S. T. 鲍姆加特纳"这个署名。对二十世纪中期的传统美国白人家庭来说，给一个儿子取名叫"特库姆塞"已经是极不寻常的事情了，更别说还是个经由波兰和波兰以东地区，在纽瓦克降生的犹太裔美国男婴。可他那自学成才、博览群

1　特库姆塞（Tecumseh，1768—1813），北美肖尼族酋长，以试图在中西部地区组建印第安部落联盟著称。

书的父亲，一个以无政府主义者、和平主义者以及不信上帝的激进分子自居的人，偏偏觉得那位肖尼族酋长是有史以来最了不起的美国人，并将"特库姆塞"这个名字作为荣誉的象征赐予了自己的儿子。父亲去世后不久，当时年仅十七岁的鲍姆加特纳在他的遗物中发现了一个厚厚的、未贴邮票的信封，上面写着：**致我刚出生的儿子**。那封信本该在他十三岁生日那天交给他的，但父亲在把信放到某个地方后就将它给忘了——他就是这样的人。尽管如此，父亲还是在信的最后一段，用自己最浮夸的语言，解释了为何特库姆塞在他心中如此重要："……因为他是一个勇敢、仁慈且极具智慧的人。他力图将自己分散在各地、彼此疏远的族人团结起来，去共同抵御那些企图消灭肖尼族——以及这片注定血流成河的大陆上所有其他的印第安部族——的欧洲侵略者。尽管他死在了这场斗争中，但那又有何妨。那美好的仗，特库姆塞已经打过了。而这就是我在你——我出生不过数小时的儿子——刚踏上成为一个善于思考、勇于行动，并

146

能积极投身于这个世界的男人的漫漫长路时，对你唯一的要求：去打那美好的仗吧。"

哪怕是在当时——五十四年前——鲍姆加特纳也已意识到，父亲很可能是在醉酒后写下那些话的。如今，当这个已经年迈的儿子带着矛盾的心情梳理对父亲的记忆时，他发现自己又想到了那封信，并试图去想象，那封三页半的信是在怎样的情形下写就的。这是一个四十二岁、刚当上父亲的男人，他把年轻的妻子和刚出生的儿子留在医院，独自回到了莱昂斯大道那间位于女装店楼上的空荡荡的公寓里。他从厨房台面上切下一块黑麦面包，给自己弄了些鲱鱼，然后在餐桌前坐下，桌上已经摆好了一瓶斯利沃威茨酒和一个小酒杯。他开始边吃边喝，吃完饭后又喝了两三杯。对他来说，这是一个庄严而又喜悦的时刻，他从未遇到过这样的情况，这个向来处变不惊、常常心硬如铁的男人，此刻正被情感的巨浪吞没。一股从心底涌起的剧烈情感将他从自我的牢笼中冲刷出来，让他明白自己是多么渺小，明白自己只是构成宇宙的无数彼此相连的渺小事物中的一分子，明白暂且把自我抛在身后、融入这浩瀚缥缈的生命之谜是多么美妙。四十二岁了，可算当上父亲了，他心想。四十二年来的失败和挫折，如今竟意外转变为某种类似幸福的东西——至少今夜是这样，至少这几个小时里是这样。于是他拿起酒瓶和酒杯，走向公寓另一头的备用房。那间房只有他能进，尽管他后来把它给了鲍姆加特纳，最终又给了内奥米，但在一九四七年十一月的这天晚上，它仍是父亲的专属领地。房间宽九英尺、长十二英尺[1]，装修简陋，有一张书桌、一把椅子和几个书架，书架上摆满了一摞又一摞破烂不堪的无政府主义和社会主义著作，其中大多是二手书，还夹杂着几十本关于欧洲和美国历史的书。地板上随意摆放着几堆较新的书，全是从公共图书馆借来的，大部分早已逾期。父亲把酒瓶和酒杯放到桌上，给自己又倒了一杯并一饮而尽，接着从左手边最上层的抽屉里抽出一小沓白纸，摘下钢笔帽，开始给刚出生的西摩·特库姆塞·鲍姆加

1　约合 2.7 米宽、3.7 米长。

特纳写那封信。在信里，他谈到自己希望建立一个更美好的世界，一个更公正的世界，希望生活在一个由平等的个体组成的社会里，这个社会既不受丛林法则（资本主义）也不受机器法则（马克思主义）的支配，而是遵循有机生长的自然法则，最终生发出一种新的社会结构，即民主自治公社。这封信的语言浮夸，传达的信息也不够明晰，但语气温和、有说服力。想到后来那些年里，每当父亲开始大谈政治时，总是一副怒气冲冲、愤世嫉俗的样子，鲍姆加特纳意识到，自己出生的那天晚上，是父亲仅有的一次从高高在上的姿态走下来，展现出深埋于内心的理想主义。鲍姆加特纳再次抬头望向天空，注视着缓缓飘过的白云，心里想道，其他暂且不论，至少他还有那样的一个时刻。除此之外，还有特库姆塞，这个名字弥补了父亲给他取名"西摩"的愚蠢错误，让他能以"S. T."这个名字面对世人。朋友和爱人会叫他"西"，只有一位已经去世的小学老师会叫他"西摩"，但那已成为一段遥远而模糊的记忆。

他父亲出生于波兰，本名雅科夫，六岁那年来到美国后，变成了人生地不熟的雅各布[1]。在所罗门和伊达·鲍姆加特纳所生的五个孩子中，他排行第三，上面有两个姐姐，下面则是两个双胞胎弟弟，这也使他成了家中的长子，并从小就得跟着父亲学习针线活这样一门精细的手艺。所罗门是第三代裁缝，一九一二年在纽瓦克的市场街上开了一家店，盼着有一天能把生意传给长子。鲍姆加特纳对父亲早年的经历所知甚少，其中大部分是母亲告诉他的，据说雅各布年少时是一名天资聪慧但心有不甘的学徒，他无意接任何人的班，只想走自己的路。对他来说，书籍远比操作缝纫机这样的苦差事更有吸引力。十一二岁时，他放弃了给父亲做的课后兼职，以专心学业，暗自梦想着有一天能通过知识，打破成为第四代穷酸裁缝的命运枷锁。首先他得去上大学，接着再读一个历史学的研究生，或者去学法律，成为一个替穷苦人民和受压迫者争取权利的左翼律师，又或者，也许他应该绕过法律的约

1　雅科夫（Jakov）和雅各布（Jacob）是同一名字在不同语言里的变体。

束，去过一种游走在法律边缘的人生，去煽动、组织那些受压迫的劳工进行抗争，比如集体拒付租金，在血汗工厂静坐，在城市街头策划集会游行等。雅各布在这条路上迈出了几小步，但因经济状况所限，他无法像之前设想的那样，把步子迈得更大些。尽管如此，他还是觉得自己在朝着积极的方向前进。他白天在纽瓦克公共图书馆工作，晚上去上夜校，但囿于经济拮据，他不得不继续住在家里。随着他的两个姐姐分别陷在没有出路的婚姻中（两人的丈夫都是讨人厌的饭桶），加上两个弟弟也在转眼间堕落成了百无一用的废物，雅各布意识到，他必须离开这个家，否则便会跟着沉沦。可尽管预见到了等待自己的可能是生不如死的日子，他依然无法逃脱。他父亲的视力越来越差，身体一天不如一天，等他病重到再也无力经营生意时，他们要么卖掉店铺，看着一家人跌入深渊，要么就只能把生意勉强维持下去。于是，二十二岁的雅各布只好从夜校退学，辞去图书馆的工作，接过了市场街的那家店铺。鲍姆加特纳听到的说法是，他父亲认为自己当时别无选择。可他当然是有选择的。每个人都有自己的选择。他父亲做出的选择不一定是错的，尽管这让他痛苦了一辈子，可如果他做出了相反的选择，跑去当历史教授、律师或不安分的煽动分子，他可能又会因为在家人最需要帮助的时候抛下了他们，为这一不可饶恕的罪孽而自责一辈子。这说明没有对的选择，也没有错的选择：怎么选都是对的，但最后又都会变成错的。就鲍姆加特纳的父亲而言，他的责任感战胜了他私心的渴望，这使他的选择变得可敬，甚至可以说是高尚，可一旦你开始觉得，自己做出的牺牲浪费在了一家子的白痴和寄生虫身上，你的选择就将不可避免地成为怨恨的泉源，并会随着时间的推移，一点点地腐蚀你的灵魂。

鲍姆加特纳出生的时候，市场街上的那家男装店已经变成了莱昂斯大道上的那家女装店。所罗门和伊达早已过世，那对不走正道的双胞胎兄弟也已流落去了加州，在那之前，他们因在威霍肯[1]抢

1　威霍肯（Weehawken）和下文的珀斯安博伊（Perth Amboy）均为新泽西州的城市。

劫了一家珠宝店而坐了几年牢。大姐贝拉甩掉了她那做博彩经纪人的丈夫，嫁给了一名来自珀斯安博伊的二手车经销商，后来她把那车商也甩了，此后便一直在她弟弟的女装店里做记账和管理的工作。二姐艾玛生了两个女儿，之后被她那不安分又没有工作的丈夫抛弃，才三十五六岁就得肺炎死了。贝拉承担起了照顾两个孤女的责任，并用她从弟弟店里赚取的薪水养活她们。一九三六年，也就是雅各布通过按揭贷款买下莱昂斯大道上的那栋房子的前一年，他曾想过要放弃一切，加入西班牙内战中的亚伯拉罕·林肯旅[1]，去与佛朗哥以及那些法西斯分子作战，但由于在道义上反对一切战争中的杀戮（不管那场战争多么正义），他最终没有去成。那是他犯下的一个大错——鲍姆加特纳上高三那年的一个寒冷冬夜，父亲在多喝了几杯后，放松了警惕，曾这么对他说过。之所以这么说，是因为他那时已三十一岁了，之后再也没有挣脱束缚的机会

---

1 亦称林肯营，是西班牙内战期间由一群美国志愿者组成的部队。

了。一九三九年四月中旬，二十岁的露丝·奥斯特开始在特罗卡德罗时装店当裁缝，四年之后，在第二次世界大战期间，鲍姆加特纳的父母结婚了。

统治着莱昂斯大道那户人家的男人是如此让人捉摸不透并望而生畏，以至于鲍姆加特纳整个童年都处在惶惑之中，无法确定父亲是怎样的人，自己又该和他保持怎样的关系。他敬畏过父亲，崇拜过父亲，有时几乎可以说是爱戴过父亲，可关于父亲的一切似乎都说不通：他是一个反对资本主义的资本家，花了近四十年的时间经营家庭小生意，只为了能养活家庭；一个出身卑微的人民之子、捍卫被剥削群众利益的人，却用恶毒的辱骂和粗暴的训斥虐待为他工作的人；一个顽固的无神论者，却强迫儿子参加犹太成年礼，只因他自己也曾被迫参加过这项仪式，希望儿子和他受一样的苦——不过这些破事都不重要了，鲍姆加特纳对自己说，重要的是，尽管父亲常常口出狂言、咄咄逼人，有时还会做一些残酷无情的事，但他本质上不过是个时运不济的梦想家，一个虚幻的革命分子，终日坐在自己的房间里，从未与任何志同道合的人联合起来，也从未动过哪怕一根手指头，去参与伸张正义的集体行动。他孤立无援、踽踽独行，只能在自己的脑海里斗争，因此他知道，自己没能去打想象中那美好的仗，也因此辜负了自己。到头来一切都只是空谈，而随着岁月的流逝，他的熟人圈子越来越小，除了他的童年好友米尔顿·弗赖伯格，再也没有人愿意和他说话了。弗赖伯格曾是一名高中历史老师，也是一名前共产党员，他先是因不满斯大林与希特勒在一九三九年签订秘密协议[1]而退党，又在五十年代初麦卡锡[2]发起的清洗运动中失去了教职。他如今是一个大腹便便、心灰意懒的男人，靠给《科利尔百科全书》做研究员谋生。每周和他在莫伊舍餐厅共进晚餐的，是鲍姆加特纳那憔悴的瘦高个父亲，一位未曾参战但已精疲力竭的反法西斯斗士，愁容满面、大脑被书本腐蚀了的波兰裔美国

1　指《苏德互不侵犯条约》，也称《希特勒－斯大林条约》。

2　指约瑟夫·麦卡锡（Joseph McCarthy，1908—1957），美国参议员，于二十世纪五十年代初在美国国内发起了一系列反共排外的政治迫害运动。

籍堂吉诃德，不切实际的空想之王，他在莱昂斯大道经营那家小小女装店的方式是让妻子和姐姐负责干活，自己则躲在二楼的卧室里，第七次阅读埃玛·戈德曼的自传。弗赖伯格会对他说，老朋友，快干了这杯烈酒，然后我俩再来一轮，接着我们就撩起袖子，开始第七百一十四次辩论，看看你我谁能在店里关灯赶人之前拯救这个世界。

不过，关于他父亲，还有一件事，一件最重要的事——鲍姆加特纳是在十岁或十一岁时开始察觉到的，而在十二岁那年获准跳级的时候，他终于确定了：父亲以他为豪。虽然父亲并未亲口这么说过，虽然每当鲍姆加特纳给他看自己漂亮的成绩单时，父亲都会特意警告他不要得意忘形，并提醒他，不管他的成绩如何，他都和所有人一样，源于尘土，也和所有人一样，最终将归于尘土。可鲍姆加特纳知道，父亲虽然总摆着一张臭脸，却一直非常关心他。"坏脾气的雅各布"正通过儿子重温自己年少时的奋斗历程，暗自希望能鞭策儿子摆脱这个鸟不拉屎的破地方，远走高飞，飞到他那双孱弱的翅膀所能带他去的最远的地方。接着，一九六四年三月，从遥远的俄亥俄州发来了一封信，一份奖学金就这样意外降临到了这个毫无防备的纽瓦克穷小子头上。鲍姆加特纳把信递给父亲看后，他发现父亲的手隐隐颤抖了一下，眼里也短暂地闪过一丝不易察觉的泪花。接着，他从餐桌底下抽出一把椅子坐下，在从他那受损的肺部颤抖着呼出长长的一口气后，说道：西，去橱柜里把那瓶酒拿来，是时候好好喝一杯了。鲍姆加特纳拿着酒回来时，父亲已经点上烟了，这已不知是他那天抽的第几支好彩牌香烟了。给自己也点上一支烟后，他和父亲各喝下了一小杯斯利沃威茨酒，但两人再没说别的话，因为信上已经把事情说得很清楚了。于是他们就这样坐着默默喝酒，先是一杯，接着第二杯，最后是第三杯。父亲对他的赞赏都在这沉默里了。像他这样一个动不动就喋喋不休的人，一个一言不合便能破口大骂上几个小时的人，能把自己的嘴闭上不说话，便是对儿子的奖励。六个月后，鲍姆加特纳离家去了俄亥俄州。他在圣诞假期回了一趟纽瓦克，一月又回到了学校。他本以为下一次回家会是六月，也就是第二学期结束时，可二月他就又回家了。那天是二月九号，父亲在前一天去世了，距他的六十岁生日才过去两天。

鲍姆加特纳被父亲的死讯震撼，但并未因此痛不欲生。他希望自己能更悲痛一些，可事实是他做不到。回纽瓦克奔丧的那一整个星期里，他感到一切都是那么怪异且令人不安：家里的店关了，贝拉姑姑终日坐在厨房里，一边酗酒一边咒骂她死去的弟弟，十三岁的内奥米则总躲在房间里哭泣，不时尖叫着让满脸横肉的贝拉姑姑闭嘴。在这样的情形下，鲍姆加特纳更担心的不是自己，也不是那两个神经病，而是他母亲，这个精神错乱的家里唯一的正常人。在他童年艰辛的成长历程中，母亲是他坚定不移的安慰者和保护者。母亲的成长环境远比父亲艰难，可她早已学会了不对生活抱有奢望，不像他父亲那般，空有豪情壮志却落得个自怨自叹。她结婚时还很年轻，还在探索自我以及人生在世的意义，而那个比她年长十四岁的丈夫，除了处理自己与年轻的妻子以及未来两个孩子之间的关系，已不再有任何自我探索。

　　小时候，鲍姆加特纳对母亲家族的了解远不如对父亲家族的了解。母亲娘家姓奥斯特，但他对这个家族知之甚少。他没有姨妈、舅舅或表亲，也没见过那边的任何一个亲戚，因此没有人可以给他讲那个家族的历史——除了他母亲，可她自己也几乎对其一无所知。她只告诉过他，自己的父亲名叫哈里，他从奥匈帝国最东边的一个加利西亚小城移民到美国，最终在布鲁克林落脚，娶了一个女人为妻（鲍姆加特纳的母亲并不知道那个女人的名字，也可能是她后来忘了），和那女人生了三四个儿子（他们的名字她也不知道或是忘了）。后来在第一次世界大战期间，很可能是在一九一五年或一九一六年，那个和他已结婚七年（也可能是十年或十二年）的妻子向法院提出了离婚诉讼，在他把自己银行账户里的钱一次性都给了她以后，她和他达成了和解，不久她便带着几个儿子去了芝加哥（也可能是克利夫兰或辛辛那提或另外某个以C

开头[1]的中西部城市），从此再无音信。哈里搬去了曼哈顿，又凑了些钱做起了建筑承包生意，生意做得不错，一年内就还清了贷款，并于一九一八年初娶了一个名叫米莉·科普兰的女人。结婚十三个月后，在一九一九年三月七日那天，哈里的第二任妻子生下了鲍姆加特纳的母亲露丝。就在露丝诞生仅十八个月后，倒霉的哈里·奥斯特从华盛顿广场附近一栋十层楼高的建筑外墙的脚手架上摔了下来，砸在人行道上后当场身亡。因此，鲍姆加特纳的母亲对自己的父亲没有任何记忆，加上在露丝不到三岁时，米莉就从她的生活中消失了，她对母亲也只有非常模糊的记忆。

为了保护鲍姆加特纳，母亲在他小时候始终不愿向他解释所谓的"消失"指的是什么。那时的他还太愚钝，不懂得如何向母亲追问个究竟，于是便认为这一定是死亡的另一种说法，是一种委婉、含糊的措辞，好比过世、去世、辞世这样的词，让

---

1 芝加哥（Chicago）、克利夫兰（Cleveland）和辛辛那提（Cincinnati）都是以"C"开头的城市。

人在谈论死亡时不必直说那个字眼。那时，鲍姆加特纳已经知道所有人都会死，就连他自己有一天也会死，但他还太小，以为死亡只会降临在老年人身上，特别是那些很老很老的老人身上，因此他不明白，为什么外婆还没老就死了。母亲说过，外婆十九岁时和外公结婚，二十岁时生下了她，如果外婆在母亲三岁生日之前就"消失"了，便意味着她二十二或二十三岁时就死了，而这远远没到通常的六十、七十或八十岁的死亡年龄。这表明她可能遭遇了某个可怕的事故，比如被公交车碾过、从脚手架上跌落，或是某天早上走在去肉铺的路上时，遇到银行劫匪与警方交火，然后突然"砰"的一声，被一颗点38口径的子弹射穿心脏，死了。

直到他十四岁时，母亲才终于向他坦诚讲述了完整的故事。没错，她说，她母亲确实消失了，但和他想的不一样的是，她并没有死，只是再婚了，嫁给了一个比可怜的哈里年长得多，也富有得多的人，一个五十岁的鳏夫。那人和第一任妻子所生的三个孩子已经成年，不想再养育第四个孩子，因此米莉和她的新丈夫咨询了一位律师，起草了相关的法律文书，把小露丝的监护权转交给了哈里的弟弟约瑟夫。约瑟夫是个识字不多的单身汉，在河对岸纽瓦克的一家金属加工厂做修理工。根据协议，他们要付给约瑟夫五千还是一万美元现金（鲍姆加特纳的母亲一直不清楚具体的金额），作为小露丝的抚养费。不久之后，米莉和她的新丈夫便从纽约搬到千里之外的一座城市，在那儿设立了一个新的分公司还是分店之类的，总之是他名下的（也可能是他负责管理的）某个公司或者门店的新分支机构。鲍姆加特纳的母亲不知道他们搬去了哪里，可能是伦敦或洛杉矶，总之是一个以 L 开头的城市。她记得的就只有这些，因为约瑟夫叔叔从不和她谈论有关她母亲的事。到了一九二二年的年中，她母亲便彻底消失了，此后再也没有去看过她。

十四岁的鲍姆加特纳听到这儿，心里感到又惊恐又愤怒，他不理解为什么米莉能冷漠到这种程度，为什么一位母亲竟能把自己幼小的女儿如此随意抛弃，就好像她不过是一张糖果包装纸，或是绸缎礼服上沾染的一粒棉絮，一弹就弹掉了。他觉得她的行为是犯罪，犯了反人类的罪，正如去年艾希曼[1]因在战争期间犯下的罪行被判处了死刑，他那可憎的外婆米莉也该因她的罪行被绞死。然而，他却无法把这些想法说出口，因为此时他的思绪已经乱作一团，根本无法组织恰当的语言来表达内心的恐惧。最终，他只说出了这样一句话：她把你抛下就这么走了。停顿了两三秒后，他又说：你一定很恨她。

不，他母亲说，她不恨她，而是可怜她，在他对她下道德判断，并开始痛恨她之前，他应该先试着想象一下她的处境。一个年轻女人，在二十出头时失去了丈夫，除了美貌和吸引男人的能力，她一无所有，没有可以依靠的家人，只有一堆未支付的账单和一个年幼的孩子。她有什么选择呢？她必须找一份工作，但如果她去工作，谁来照顾孩子？她只能把孩子送进孤儿院，要么选择不工作，让两

1　阿道夫·艾希曼（Adolf Eichmann，1906—1962），纳粹德国党卫军中校，针对犹太人的大屠杀的主要责任人和组织者之一。

人都饿死，或者去站街，靠出卖肉体过活，哪怕在这个过程中失去灵魂也在所不惜。可是一个有钱人爱上了她，爱得如此之深，以至于他不想把她藏在公寓里当情妇，而是想娶她为妻。她觉得这是自己此生仅有的一次机会，一张逃离地狱，去往美好新生活的单程票。哪怕必须放弃女儿才能拥有这样的新生活，她也会这么做，不是因为她想这么做，而是她觉得自己别无选择。不管她的第二任丈夫如何有钱，鲍姆加特纳的母亲说，他都是一个人渣，因为他说自己爱她，却逼迫她做出放弃亲生孩子的决定。西，如果这个故事里你要恨谁的话，他才是你该恨的人。我不否认，她对我做了一件很糟糕的事，一件自私且不光彩的事，但至少我能理解她为什么要这么做。这么多年来，我对此也想了很多，后来发觉这可能是最好的结果，因为如果她是那样的母亲，不和她一起长大也许是一种幸运。相反，我有约瑟夫叔叔，我和你说过一百遍了，他是这个世上最善良、最温柔的人，因此最后一切都好。我拥有一个美好的童年，一个充实且快乐的童年，而我母亲在其中没有扮演任何角色。她就像一个女演员，在一部电影里演了一场戏，但因为没人喜欢那场戏，于是便被剪掉了。有个什么说法来着？就是说有个人本来出演了某部电影，可当你去电影院看时，影片里却没有那个人。

她死在了剪辑室的地板上。

就是这样。她死在了剪辑室的地板上。

鲍姆加特纳一点也不怀疑，母亲在她叔叔身边过得很快乐，也得到了很好的照顾，否则她绝不会成为后来那个坚强、稳重的人。或许她在讲述约瑟夫叔叔的故事时会有些夸大其词，或许她倾向于透过童话的滤镜去看待年少时的自己，觉得自己就像一部维多利亚时代的情节剧里，被一个淳朴的大好人拯救的弃儿，可这些都不重要了，因为不管她三岁之后的生活是真的如天堂般美好，还是只是她的想象，那种生活都在她十六岁时的一天戛然而止了。那一天，五十四岁的约瑟夫在金属加工厂连上两轮班之后，突发心脏病死了。那无疑是她人生中最大的打击，比父亲的去世和母亲的消失都要让她难受许多，因为她现在不得不面对这样一个现实：她已完全无依无靠了，虽然她还有朋友，但已没有亲人，连能寻求建议的长辈都没有。最糟的是，她再也见不到约瑟夫叔叔了。但即便他已不在人世，却仍庇护着她，让她得以尽可能不那么艰难地适应没有他的生活。他早年刚到美国时，一群意第绪语移民成立了一个叫"工人圈"的互助组织，这么多年来，他一直是该组织的忠实缴费会员。他缴纳的会费为他提供了丧葬补助和低成本的人寿保险，因此，鲍姆加特纳的母亲不仅不需要支付约瑟夫的葬礼费用，还收到了一笔六千美元的保险赔偿金。在世界变得一片黑暗、看不到希望时，无比大方的工人圈为她带来了这两个了不起的奇迹。小时候，她就参加过工人圈组织的戏剧、音乐和缝纫类的课外活动。霍普韦尔章克申镇西尔万湖畔的"儿童圈"夏令营也是他们主办的，在她九到十二岁那几年，约瑟夫叔叔每年都会送她去参加这一为期三周的活动。母亲在鲍姆加特纳小时候常对他说，她人生中最美好的几个夏天就是在那些夏令营里度过的。

时至今日，只要一想到一九三五年的那几个月里母亲的悲惨经历，想到她所承受的那种令人难以承受的孤独，他仍会心痛不已。那时她才十六岁，只是个普通的高中女生，对未来一片懵懂。可就在一夜之间，她成了孤身一人，要完全靠自己了。一个毫无准备的少女，就这样突然被推到了成年人的位置。她依然住在谢泼德大道的那间公寓里，屋内仍随处可见约瑟夫叔叔留下的东西，可到了那一年的年底，她生活中其他的一切都变样了。高中时，她对数学、科学、音乐、美术和家政学都很擅长，却很难学好英语、历史和法语。不是她不聪明，只是她在阅读时总会感到吃力、读得很慢，因此跟不上进度。鲍姆加特纳后来发现，她从小就患有读写障碍症，但没有哪位老师诊断出她的问题，或采取过任何措施去帮助她，她的成绩也因此掉到了后面。她开始觉得自己很蠢，每天早上走进学校时，"蠢"这个字眼都会在她脑海中闪烁，那种羞耻感压得她走路都没了精神。就这样，原本活泼、可爱的露丝·奥斯特变成了一个腼腆、不自信的女孩，让大家都感到陌生。约瑟夫叔叔去世三个月后，她退学了，但在那之前，她和缝纫课老师曼库索太太进行了一番长谈。曼库索太太曾当着全班的面表扬过她，说她是自己教过的学生里最有天分的一个。谈话那天，身材圆润、慈母般的曼库索太太一直紧握着露丝的手，没有松开过。她说，如果露丝想成为一名专业裁缝，可以去职业学校读个一年制的强化课程，或者去找个地方当学徒工。鲍姆加特纳的母亲说，她更想直接去工作，但问题是去哪儿工作。曼库索太太笑了笑，说道，亲爱的，我认为这不是问题。

在来自工人圈的两个奇迹之后，曼库索太太带来了第三个奇迹，第四个则由她的姐姐罗莎莉·麦克法登带来。罗莎莉是一位传奇女装裁缝，纽瓦克市中心学院街上的那家罗莎莉夫人女装店就是她开的。对鲍姆加特纳来说，这证明了人类历史上已经证明过无数次的一件事：所有人都是相互依存的，哪怕是我们之中最孤僻的人，也无法在没有他人帮助的情况下独活。就像鲁滨孙·克鲁索，如果不是星期五的出现拯救了他，他一定活不下去。

三年后，罗莎莉夫人给一个叫鲍姆加特纳的男人打了一通电话，大力推荐了露丝，她因此得到了特罗卡德罗时装店空缺的首席女裁缝一职。倒不是露丝自己想换工作，而是年事渐高的罗莎莉夫人决定把店关了，和丈夫一起去佛罗里达安享晚年。关于这件事，鲍姆加特纳的母亲总爱对他强调一点：在罗莎莉夫人那里，她从低微的学徒一路成长为深受夫人信任的得力助手，这让她重获新生，既然现在店要关了，她也是时候向前看了。在很多方面，那份新工作都远不如她之前在罗莎莉夫人店里的工作。罗莎莉夫人经营的是时髦的高端女装，客户大都是来自郊区的富太太，她们往往有钱到可以径直穿过一排排价格不菲的成衣，直奔后室[1]，罗莎莉夫人会在那里为她们设计定制的女装，或者为她们的女儿设计华丽的婚纱，设计完成后，则会由六名女裁缝组成的小团队在"后后室"进行制作，正

---

1 后室（back room）一般指商店里有特定用途、不对普通顾客开放的限制区域。

是在那里，年轻的露丝一步步成长为团队中最耀眼的明星。在特罗卡德罗，她将不再制作定制女装，但这似乎已是当时她能找到的最好的工作了。不仅薪资不错，而且店铺离她的住处不远，她可以步行去上班，这意味着她再也不用在每天的早晚高峰时段挤公交，她的工资也不会再让公交车费蚕食。再说了，她觉得自己反正也不会在那里待太久，最多再过一两年，她就会到加州去，在一家好莱坞制片厂的服装部找一份工作。她曾对年纪尚小的鲍姆加特纳说，想象一下，我本可以为那些讲述拿破仑战争的大型古装剧制作戏服，或者为卡萝尔·隆巴德[1]量身打造闪亮的紧身长裙，就是她在电影里与威廉·鲍威尔[2]一起走进烟雾缭绕的纽约夜总会时穿的那条。要是真能那样，该有多美妙啊。是的，鲍姆加特纳会说，确实很美妙。可每当他正想接着

1　卡萝尔·隆巴德（Carole Lombard，1908—1942），也译作"卡洛·朗白"，美国女演员，因飞机失事英年早逝。

2　威廉·鲍威尔（William Powell，1892—1984），美国男演员，与卡萝尔·隆巴德曾是夫妻，二人共同出演过《我的戈弗雷》（My Man Godfrey）等电影。

说，真希望她当时去了加州，他便会意识到，如果她真的去了，就不会有他了。于是他什么也没再说，只是坐在那儿，对着她微笑。

父亲去世后，在回到莱昂斯大道的那个怪异的星期里，他每晚都会和母亲坐在厨房里聊到深夜，劝她把店铺和房子卖了，离开那个地方。有了那笔钱，再加上人寿保险金，她想去哪儿都行。她才四十六岁，还年轻，依然充满活力，未来还有无限的可能。他说纽瓦克正在走向衰落，用不了多久，这座城市就会分崩离析，如果她能抓住机会尽快行动，就能在最糟糕的情况发生之前离开。

你说的不是没有道理，西，但我能去哪儿呢？内奥米还在上学，我得先为她考虑，不是吗？

你不需要去太远的地方，只要离开纽瓦克就行。你可以去梅普尔伍德、南奥兰治、西奥兰治，或者蒙特克莱尔。[1] 这几个地方都有好学校，可怜的内奥米不管去哪儿都会比现在开心。离开是为了你好，也是为了她好，这并不冲突。而你也终于能

1　四者均为新泽西州的小城镇。

摆脱这间破房子了。

如果我把店关了，贝拉怎么办？库琦·卡斯特利亚诺斯怎么办？我们去年刚雇的黑人女孩玛丽·博尔顿又该怎么办？这是她的第一份工作，而且她还做得这么出色，我怎么忍心就这样让她卷铺盖走人？

贝拉已经有社保了，而且医保法案今年一定会通过，她很快就能享受医保，加上她那两个不成器的外甥女也长大了，多少能分担些压力。至于库琦和玛丽，如果有人要接手店铺，你就在合同里写明，不能解雇她们。如果房子的买家要把店铺关了，那你能做的就只有给她们一笔丰厚的遣散费——至少六个月的工资——然后祝她们好运。她俩都还年轻，很快就能重新站稳脚跟。

你说得倒是简单。

因为事情就是这么简单。

那我怎么办？我住进郊区的大房子，每天除了在家等着内奥米放学，还能做什么？拿吸尘器吸地毯？玩纸牌接龙？或者开始酗酒，变成一个酒鬼？我一辈子都在工作，西，我从十六七岁就开始工作了，经营这家店就是我生活的全部。我知道你看不上这家店，也知道你父亲内心深处一直痛恨着这家店，可即便特罗卡德罗只是一家普普通通的女装店，只能服务那些并不时髦的妇女，但她们也是活生生的人啊，她们也有权穿着让自己感觉良好的衣服出门。这就是我这些年来一直在做的事，把那些普普通通的女装重新设计、裁剪，让它们更合身，穿上后显得人更漂亮。人一旦觉得自己变漂亮了，就会变得自信，而能让那些身材走样、上了年纪的女人变得自信，不也是很有价值的一件事吗？我觉得这是一桩善事，西，因此我为自己在这里做的事感到骄傲。你不要觉得我把才能浪费在了不值得的事情上，因为每个人都值得你认真对待，不管是谁。

这些我都懂，妈。只是我觉得是时候认清现实了。店铺是一方面，但你也要想想纽瓦克的情况。不用多久，你这些年来一直帮衬的妇女都会搬走，到时候你怎么办？店铺怎么办？内奥米怎么办？还有你关心的其他一切怎么办？搬走吧，我求你了，把房子卖了，搬走吧。等你搬到别的地方，你可以继续工作，想工作多久都行。还记得你曾经梦想去好莱坞的制片厂工作吗？好吧，现在那些制片厂大都倒闭了，不是吗？不过，如果你想设计演出服，纽约的剧院现在有大把机会，除了百老汇剧院，还有外百老汇[1]、外外百老汇、外外外百老汇，我想你肯定能在城里找到人带你入行。但你要是觉得，给剧院做演出服这条路暂时不太好走，可以回头想想罗莎莉夫人的店，她的客户都来自我前面跟你提到过的那些郊区小镇，像这样的小镇还有很多。现在那些镇子的有钱人可多了，你要是在那附近开一家自己的女装店，我保证客人会蜂拥而至，不用多久你就要忙不过来了。

鲍姆加特纳的母亲哈哈大笑起来。这是她在葬礼后第一次开怀大笑，接着她说道：还记得几年前，有人找我做婚纱的那件事吗？

1　外百老汇（Off-Broadway）指纽约那些座位数在 100 到 499 之间的剧院，500 座以上才可称为百老汇剧院。

怎么可能忘呢？我从来没笑得那么厉害过。

当时让你做那件事，我还挺过意不去的，可其他人都帮不上忙。库琦太矮，在玛丽之前来的那个女孩又太胖了。时间紧迫，我得在新娘最后试衣之前把婚纱做好。那年你几岁来着？

十四岁。

十四岁，当时你已经开始猛长个了，差不多有五尺五或五尺六[1]，和新娘差不多高。她刚好也很瘦，和你当时的身材、体型差不多，当然，除了胸部以外。所以我才问你，愿不愿意套上那件婚纱，好让我在改动的时候有个参考。你一开始拒绝了，可我又问了一遍，于是你说，好吧，如果这对你真的那么重要的话。这件事特别好的一点在于，你并没有因此生我的气。穿上婚纱两秒钟后，你就忍不住咯咯笑了起来。

当时，我是想到了十一二岁的时候，我们一起看过的那部喜剧片《热情如火》。我想到片中杰

1　即五英尺五英寸（约 1.65 米）、五英尺六英寸（约 1.68 米）。

克·莱蒙[1]和托尼·柯蒂斯[2]大摇大摆地穿着女装的样子，还有玛丽莲·梦露那件让她看上去像是半裸的紧身裙，而我就这样穿着苏珊·施瓦茨曼的婚纱，因为尴尬和不知所措，才一直笑个不停。就在我们快好了的时候，某人走了进来——你知道我说的是谁。

他一定是听到了你的笑声，所以下楼看看到底怎么回事。

他一来就说：真见鬼，露丝，你到底在对这孩子做什么！

接着你说——我发誓你真是这么说的：别担心，爸爸，我们学校要演《热情如火》，我在为明天的试镜排练呢。你觉得我演谁的角色好？杰克·莱蒙还是托尼·柯蒂斯？

老家伙听我说完也忍不住大笑起来。我一辈

---

[1] 杰克·莱蒙（Jack Lemmon，1925—2001），美国男演员，曾凭借影片《救虎记》（*Save the Tiger*）获第46届奥斯卡金像奖最佳男主角奖。

[2] 托尼·柯蒂斯（Tony Curtis，1925—2010），美国男演员，曾凭借影片《逃狱惊魂》（*The Defiant Ones*）获第31届奥斯卡金像奖最佳男主角奖提名。

子只见他那么笑过五六回吧。

笑完以后，他看着我们说：好吧，人无完人[1]。

接着他就若无其事地上楼了。

想到这里，这天下午鲍姆加特纳第三次或第四次突然停下思绪，抬头望向天空。一朵厚厚的云飘过，遮住了太阳，天空暂时暗了下来。随着这突如其来的天色变化，鲍姆加特纳环顾了一下院子，他也不确定自己是想重新与周围的环境建立联系，还是想消化一下刚才思考的那些事。他意识到这把椅子坐着不太舒服，背有点痛，腿也有些僵，于是他站起身来，伸展了一下双臂，又抖了抖腿，接着弯腰去够自己那已多年够不到的脚趾。尽管他的指尖只能够到小腿肚，但光是尝试这个动作本身，对他便已是一种慰藉，因为这让他不用再僵坐在那把不舒服的椅子上一动不动。他直起身来，再次弯下腰去，接着又最后试了一次。此时，那朵云已经飘走，太阳不再被遮蔽，光线却有了一丝变化，这种变化细微得几乎难以察觉，只是让光线变得更加饱

1　这是影片《热情如火》（*Some Like It Hot*）结尾的一句经典台词。

和，映照得更加清晰。鲍姆加特纳开始在院子里四处走动，心想或许能找到一把坐着更舒服的椅子，这时他意识到，这天下午时间的流逝比他想的要快一些，太阳很快就将沉向更低的角度，那时它照耀下的世界将被一种神秘之美笼罩，仿佛万物都在微微发光，都在呼吸，而当夜幕降临，这一切又会慢慢黯淡，最终遁入黑暗。鲍姆加特纳试了试另一把椅子，结果发现它坐着比第一把更不舒服。他又试了一把，但还是不满意。于是他又回到了第一把椅子上，这时发现并没有他之前想的那么不舒服，因此他再次坐下，开始新一轮缓慢而有节奏的呼吸，想知道接下来他的思绪会将他带往何方。

他的思绪飘向了安娜的脸庞，只见她满脸泪水地从他母亲的房间走出，对在客厅里的他说，他的母亲刚刚去世了。在那之前，鲍姆加特纳已经在母亲的临终病床前守了整整十二个小时，后来他去客厅的沙发上小睡一会儿，已经小憩过的安娜则留在病床前继续守候，并见证了他母亲的离世。她得的是胰腺癌。在被病痛折磨的六个月里，她瘦小的身躯萎缩到了骇人的地步，最终她还是在六十二岁时走了。

在患癌之前，母亲原本已经开始了新的生活：一九六六年，也就是父亲去世十八个月后，她卖掉了莱昂斯大道上的那家店铺，而一年后，他关于纽瓦克的预言便成真了，其惨烈和暴力程度甚至远超他之前的想象。好在那时，母亲已经和内奥米搬进了位于蒙特克莱尔的一栋两层楼的小房子，而生性执拗、时常感到迷茫和痛苦的内奥米，在高中的最后两年里也总算开始安定些了。差不多与此同时，他想应该是在一九六九年，露丝夫人时装店开业了。这家店主要为富裕家庭的女孩制作奢华的婚纱，但也制作其他各类男女服装。更棒的是，库琦和玛丽也回来为她工作了，甚至在她们结婚生子以后，还一直留在店里，因此在她临终前的那几周里，两人经常会在她家陪她。那时内奥米已经结婚，女儿也已经一岁了，她们也常去看她。他母亲走得太早了，还来不及真正变老便早早离他们而去，好在她生前还有那么几年时光，至少来得及认识安娜、爱过安娜，也在离世前见过并爱过自己的小外孙女芭芭拉。就鲍姆加特纳所知，她后来再没有交往过男人，连约会都没有过，更别提有任何再婚的想法了。到了七十年代，有那么几年，她似乎与一位名叫玛吉·瓦尔德曼的年长女性建立了亲密的友谊，但鲍姆加特纳始终不清楚这段友谊的性质。他希望她们曾经相爱过，他觉得这样母亲会更幸福些，但玛吉·瓦尔德曼比他母亲还早三年去世，因此他永远不会知道她们之间发生过什么，或没有发生过什么。

他的思绪从母亲生命的尽头飘到了她生命的起点，又继续往回追溯，想到在那之前的数年、数世纪，这时他突然想起了两年前的乌克兰之行，想起自己在她父亲出生的小城度过的那一天。那年国际笔会在利沃夫举行年度大会，他应邀参加某专题小组的座谈，但在参加小组讨论、会见世界各地的分会代表之余，他知道自己还能抽出一个下午的时间，去利沃夫以南两小时车程的外祖父家乡看看。那次旅行中发生了一些很不寻常的事，他回家后一直想写下来，但因为忙于写书，一直没抽出时间。可现在，随着对母亲的回忆正如野火般在他脑中蔓延，他突然从椅子上起身，走回屋中，回到他一个半小时前离开的二楼书房。他把与《方向谜盘》有关的草稿、修改稿和各类笔记统统推到一边，暂停了手头的工作，开始记录二〇一七年九月二十一日的伊万诺－弗兰科夫斯克之旅。他连着写了几个小时，直到肚子实在饿了，才下楼去吃晚饭。第二天他继续写，又一直写到吃晚饭的时候才停下。他觉得应该写得差不多了，但为了确保万无一失，第三天早上又花了三个小时订正拼写和纰漏，优化行文的节奏，为这篇叫人看了不知该作何感想的短文做最后的润色。

斯坦尼斯拉夫的狼群

　　一件事是否必须是真实的，才可以被当真？还是说，只要你相信一件事是真的，它就已经变成真的了，哪怕这件事并未如人所说的那样发生过？进一步说，倘若你费尽心力，试图去弄清这件事是否发生过，可仍陷入了捉摸不透的僵局之中，无法确定某人在乌克兰西部城市伊万诺－弗兰科夫斯克一家咖啡馆的露台上告诉你的故事，究竟源自一个鲜为人知但可以被证实的历史事件，还是一个父亲讲给儿子的传奇故事，或者是吹牛，或者就是毫无根据的谣传，那又该怎么办？更进一步说，如果这个故事本身如此惊人、如此有震撼力，以至于你听完后目瞪口呆，觉得它改变、增进或者加深了你对这个世界的理解，那么，这个故事的真假还重要吗？

因为有些事要办，我在二〇一七年九月来到了乌克兰。我要办的正事在利沃夫，但趁着有一天空闲，我坐了两小时的车，去利沃夫以南的伊万诺－弗兰科夫斯克待了一个下午。十九世纪八十年代初，我外祖父就出生于那里。我去那儿只是出于好奇，或者说，是受了一种"虚假的怀旧之情"的蛊惑，因为我从未见过我的外祖父，并且至今仍对他几乎一无所知。他在我出生前二十七年就去世了，就像一个来自无人书写也无人纪念的过去的影子。早在十九世纪末或二十世纪初，他便已离开那座城市，动身前往那里时我就已清楚，我将要度过一个下午的地方，已不再是那个他度过了童年和青少年时期的地方。尽管如此，我仍想去。如今回头想想，我之所以想去，归根结底，可能只是基于这样一个事实：这段旅程将会带我穿越东欧的血腥之地，穿越二十世纪那场恐怖大屠杀的中心地带，而如果那个给了我母亲名字的影子当时没有及时离开那里，这个世界就不会有我的存在。

到那儿之前我已经得知，一九六二年，这座拥有四百年历史的城市才更名为伊万诺－弗兰科夫斯克（为了纪念乌克兰诗人伊万·弗兰科），此前它曾分别被称为斯坦尼斯瓦乌夫、斯坦尼斯劳、斯坦尼斯拉维夫和斯坦尼斯拉夫，取决于它当时是在波兰、德国、乌克兰还是苏联的统治之下。它先是从一座波兰城市变成了哈布斯堡王朝的城市，接着变成了奥匈帝国的城市，又在第一次世界大战的头两年变成了俄罗斯的城市，然后又变成了奥匈帝国的城市，战后又短暂地变成了乌克兰的城市，随后又变成了波兰的城市，接着又变成了苏联的城市（从一九三九年九月到一九四一年七月），然后又变成了德国控制的城市（直到一九四四年七月），后来又变成了苏联的城市，一九九一年苏联解体之后，又变成了现在的乌克兰城市。我外祖父出生时，那座城市的人口是一万八。到了一九〇〇年（他离开前后），有两万六千人居住在那里，其中超过一半是犹太人。我去的时候，那里的人口已增长到二十三万。纳粹占领时期，那里的人口大约在八万到九万五之间，其中犹太人占一半。以下是我早已知晓的事实：一九四一年夏天德国入侵后，有一万名犹太人在当年秋天被集中到犹太公墓枪决。到那年十二月时，剩下的犹太人已经全部被赶到了一个犹太人聚集区，之后又有一万人从那里被运往波兰的贝乌热茨灭绝营。接着，在整个一九四二年和一九四三年的年初，德国人把斯坦尼斯劳还活着的犹太人一批又一批地驱赶进城郊的树林里，然后一枪，一枪，又一枪地射杀他们，直到一个犹太人都不剩。数以万计的人被子弹从后脑穿过，惨死后被埋进他们遇害前挖好的大坑里。

我在利沃夫结识了一位好心的女士，她自告奋勇为我安排前往伊万诺－弗兰科夫斯克的行程。她在伊万诺－弗兰科夫斯克出生、长大，并仍生活在那里，因此她知道该去哪儿，该看什么，甚至费心帮我找了一个能开车送我们去的司机。那司机是个不要命的疯小子，他在狭窄的双车道公路上横冲直撞，那样子就像是在应聘赛车电影的特技车手。只要我们前方有车，他就会不顾死活地超过去，即便对面有车正急速向我们驶来时，他也会面不改色地突然变道。一路上我好几次心想，二〇一七年初秋这个阴沉的下午或许就是我的死期。太讽刺了，我对自己说，我千里迢迢赶赴外祖父一百多年前离开的那座城市，结果发现竟是死路一条，但也不得不说，这样的结果很妙。

幸好那天路上车不多，以快速行驶的汽车和缓慢行驶的卡车为主，一度还有一辆满载着一大堆干草的马车，它的速度是最慢的卡车的十分之一。公路边还能看到一些头戴传统头巾、腿粗体壮的妇女，她们拎着装满食品杂货的塑料袋艰难地前行。要不是手上拎着塑料袋，她们和两百年前的东欧农妇也没什么区别，仿佛那些农妇被困在了一成不变的古老历史中，直到二十一世纪仍未走出。我们一路驶过了十几个小镇的郊区，道路两侧均是一望无际、刚刚收割过的辽阔田野，但在距离目的地还有三分之一路程时，乡村的景致渐渐褪去，取而代之的是一片坐落在荒野之中的重工业区，其中最叫人惊叹的，是在我们左侧骤然拔地而起的一座巨型发电厂。如果我没记错，那位好心的女士曾在车上告诉我，德国和其他西欧国家的电力，有很大一部分是由这座庞然大物提供的。作为一个国土横跨八百英里，却被困在东西欧之间的杀戮之地的缓冲国，乌克兰面临的正是这样一个矛盾的现实：一方面，它在源源不断地为西方输送电力，让他们的城市灯火通明、一切正常运转；另一方面，在它的另一边，还在不停地流血牺牲，只为了守住那片深陷战火且正被蚕食的疆土。

到了伊万诺－弗兰科夫斯克，我发现它竟是一座迷人的城市，与我想象中那个正在分崩离析的废墟之城完全不同。在我们抵达前几分钟，乌云便已散去，阳光明媚，街上和广场上人来人往。这座城市是如此干净整洁、井然有序，给我留下了深刻印象。它不是一个停滞在过去的穷乡僻壤，而是一座现代小城，有书店、剧院和餐馆，新建筑和老建筑在此融合得令人赏心悦目。那些老建筑是由最初建立这座城市的波兰人，和来自哈布斯堡王朝的征服者们在十七和十八世纪所建。我本想在城里转悠两三个小时就心满意足地回去，但策划这次行程的好心女士知道，我此行的目的与我外祖父有关，考虑到我外祖父是犹太人，她觉得让我与城里仅剩的一位拉比交谈可能会对我有帮助。那位拉比是伊万诺－弗兰科夫斯克仅存的一座犹太会堂的精神领袖。会堂是二十世纪初建成的，坚固耐用，设计美观，在第二次世界大战中只受到了轻微损坏，而且早已全部修复。我不确定自己当时是怎么想的，但我并不介意和拉比聊聊，因为他或许是目前尚在世的人里唯一可能——仅仅是可能——告诉我一些我的家族往事的人。我那些没有留下姓名和踪影的祖先，他们已四散而亡，已从可知的历史中消失。可以肯定的是，在过去的一百多年里，他们的出生记录已毁于轰炸、火灾或某个过于热心的官员的签名。我明白，去和拉比谈话也是徒劳，这不过是最初将我带到这座城市的虚假怀旧情绪的附带结果。但既然我已经在这儿了，并且今天走后也没有再回来的打算，那去问几个问题，看能否得到一些答案，又有何妨？

没有答案。那位留着大胡子的正统派拉比在他的办公室里接待了我们，但他只说了一件我本就知道的事——奥斯特这个名字在斯坦尼斯拉夫的犹太人中很常见，在别的地方则没这么常见。接着，他又短暂地把话题扯到了一个战争时期的故事，说为了躲避德国人的追捕，一个叫奥斯特的女人在一个洞里躲了三年，等她从洞里出来时人已经疯了，并且再也没有恢复。除此之外，他什么也没能告诉我。他是个忙碌不安的人，在谈话的整个过程中，一直不停抽着超细的香烟，抽上几口就掐掉，接着从他桌上的一个塑料袋里拿出新的来抽。他算不上友好，也算不上不友好，在我看来，他只是心不在焉，有太多自己的事要操心，顾不上来自美国的访客和安排了这次会面的女士。根据普遍的说法，如今生活在伊万诺－弗兰科夫斯克的犹太人不超过两三百人。我不清楚其中有多少人是虔诚的教徒，或会到犹太会堂做礼拜，但从我在与拉比会面之前的一小时里观察的情况来看，参加宗教仪式的犹太人似乎只占一小部分。巧的是，我去的那天正好赶上了犹太新年，这是教会年历里最神圣的日子之一，但只有十五人（十三男两女）来到圣殿，聆听迎接新年的羊角号声。与身处这种场合的西欧和美国的犹太教徒不同，这些男人没有穿深色西装、打领带，而是穿着尼龙风衣，头上戴着红黄色的棒球帽。

走出教堂后，我们四处转悠了一个小时，也可能是一个半小时，或者更久。那位好心的女士已经帮我安排好了，四点钟我要和一位伊万诺－弗兰科夫斯克当地的诗人交谈，此人似乎花了很多年来研究这座城市的历史。不过，眼下我们还有时间，可以再去探索一些之前错过的地方，因此我们又接着把大半个城市逛了一遍。此时烈日当空，在九月灿烂的阳光下，我们漫步到一个开阔的大广场上，发现眼前便是基督复活大教堂，一座建于十八世纪的巴洛克式教堂。当时伊万诺－弗兰科夫斯克还被称为斯坦尼斯劳，这座教堂也被认为是那个时期留存下来的最美的哈布斯堡王朝建筑。我原本以为，那里会像我在西欧城镇参观过的其他美丽的主教座堂和普通教堂一样空空荡荡，只有零星的游客拿着相机在里面游荡，但我错了。这里毕竟不是西欧，而是昔日苏联的西部边陲，同时也是曾经的奥匈帝国最东边的加利西亚省的一个城市。这座教堂既非罗马天主教堂，也非俄罗斯东正教堂，而是希腊礼天主教堂。教堂里挤满了人，他们既不是游客，也不是巴洛克建筑的研究者，而就是当地的居民。他们来到这座巨大的石砌建筑里或祈祷，或思考，有人在与全能的上帝交流，也有人在独自沉思。九月的阳光透过彩色玻璃窗倾洒进来，里面想必聚集了大约两百人。给我印象最深的是，在那一大群安静的人中，竟有许多是年轻人，至少有一半都是。这些二十出头的男男女女，有的坐在长椅上低着头，有的跪在地上，双手紧扣，头向上仰着，凝视着从彩色玻璃窗中透进来的光。这是一个普通的工作日下午，除了天气格外晴朗之外，与其他日子没有任何不同。可就在这样一个阳光灿烂的下午，基督复活大教堂里竟挤满了年轻人，他们既没有在工作，也没有闲坐在露天咖啡馆里，而是跪在石板地上，双手紧扣，仰面做着祈祷的动作。想到那个不停抽烟的拉比，还有那些红黄色的棒球帽，再来看眼前的场景，实在令人唏嘘。

经历了如此种种之后，当我发现自己要见的那位诗人是个佛教徒时，我一点都不奇怪。还有，他可不是一个只读过几本禅宗书籍的"新纪元"皈依者，而是一个刚从尼泊尔的一所寺院住了四个月回来的长期修行者，一个正经的佛教徒。此外，他还是一位诗人，以及我外祖父出生城市的研究者。他是个身材魁梧的大块头，双手粗壮，目光清澈，为人和蔼，处事周到。他穿着欧式服装，并且只是顺口提到自己信奉佛教，这在我看来是一个让人放心的信号，我也因此觉得他值得信任，可以指望他告诉我真相。我们的会面距今不过两年，可奇怪的是，哪怕只过了这么短的时间，哪怕后来我几乎每天都会想起这件事，我还是记不起他在提到狼群之前跟我说过的关于这座城市的任何一件事。就在他开始讲述狼群的故事时，其他的一切都被抹去了。

我们坐在一家咖啡馆的露台上，眺望着

这座城市最大的广场。这座广场是斯坦尼斯
劳——斯坦尼斯拉夫——伊万诺-弗兰科夫
斯克的中心。在这个阳光普照的广阔空间里，
虽然没有车来车往，但有许多人在此穿梭。
然而在我的记忆里，当我聆听诗人的故事时，
一切都安静下来，从我眼前经过的众多身影
仿佛都沉默了。我在一开始谈话时已向他表
明，我很清楚曾占这座城市一半人口的犹太
人在一九四一至一九四三年间的遭遇，于是
他接着告诉我，当苏联军队在一九四四年七
月攻占这座城市时（距盟军登陆诺曼底刚过
去六周），不仅德国人已全部撤离，城里剩下
的那一半非犹太人也早已四处逃散。也就是
说，苏联人攻占的是一座空城，一块空无的
领地。在城里的人都四散而逃后，狼群取代
人住了进来，成百上千只狼，数也数不清。

真可怕，我心想，最可怕的噩梦也不过
如此。这时我仿佛从自己的噩梦中惊醒一般，

猛然想到格奥尔格·特拉克尔[1]的诗作《东部前线》。我第一次读到这首诗还是五十年前，之后读了一遍又一遍，直到烂熟于心，然后将其重译了一遍。这首诗写于一九一四年，描绘了第一次世界大战期间的格鲁代克，一座离斯坦尼斯劳不远的加利西亚城市。这首诗的最后一节如下：

荆棘丛生的荒野环绕此城。
月光从血腥的台阶上
追赶那些惊恐的妇人。
成群的野狼已冲破城门。

我问他是如何知道这些的。
他说他父亲曾多次和他提到过这件事。
他接着说，一九四四年，他父亲还是一个刚满二十岁的年轻人，苏联人控制了斯坦尼斯

1　格奥尔格·特拉克尔（Georg Trakl, 1887—1914），奥地利诗人，曾在"一战"期间担任随军药剂师。

劳（此后被称为斯坦尼斯拉夫）之后，他父亲被征召进了一支部队，那支部队的任务就是消灭狼群。他说这项工作持续了数周，也可能是数月，我记不清了。斯坦尼斯拉夫变得重新适合人类居住后，苏联人就把军事人员和军属们安置在了这里。

望着眼前的广场，我试着想象这里在一九四四年的那个夏天的样子：熙熙攘攘地穿梭其间的人们突然消失了，从这个场景中被抹去，接着我开始看到狼群，数十只狼在广场上奔跑着，成群结队地在这座被遗弃的城市中觅食。我心想，这些狼是噩梦的终章，是愚蠢的战争带来的破坏的最后一环。在这场噩梦中，三百万犹太人在东欧的血腥之地被屠杀，还有无数信仰其他宗教和不信教的平民、士兵被杀害。屠杀结束后，野狼便破门而入。这些狼不只是战争的象征，也是战争播下的孽种，是战争在这世上所造的孽。

诗人相信自己告诉我的就是真相，对此

我毫不怀疑。在他看来，那些狼是真实存在的。讲述那个故事时，他是那么平静而又坚信不疑，因此我愿意相信他。诚然，他并未亲眼见过那些狼，但他的父亲见过，如果这不是真的，一个父亲又有什么理由对儿子编造这样一个故事呢？我告诉自己，他没有理由这么做。那天下午晚些时候，当我离开伊万诺－弗兰科夫斯克时，我确信，在俄国人从德军手中夺取斯坦尼斯拉夫之后，狼群曾短暂地统治过这座城市。

在随后的几个月里，我对这件事进行了尽可能深入的调查。我和一位朋友聊了聊，这位朋友认识利沃夫（旧称里沃夫、勒沃、伦贝格）大学里的一些历史学家。其中有一位女士，专门从事这一地区史的研究，但她说，此前从未在研究中发现任何与斯坦尼斯拉夫的狼群有关的资料。后来她又就此进行了更深入的调查，可仍无法找到与诗人所讲的故事有关的任何证据。不过，她倒是找到了一小段影像资料，记录了苏联军队在一九四四年七月二十七日占领那座城市的场景。收到那段影像资料后，我就坐在此刻正坐着的这把椅子上，自己把它看了一遍。

只见五十或一百名士兵排着整齐的队列，在一小群看上去丰衣足食的市民的欢呼下，正迈着大步走进斯坦尼斯拉夫城内。随后，这一幕再次上演，只是换了一个略微不同的拍摄角度，同样是这五十或一百名士兵，同样是看上去丰衣足食的人群。接着，镜头切换到了一座坍塌的桥梁上，然后，就在影片结束前，又切回了一开始的士兵和欢呼人群的画面。那些士兵或许是真的士兵，但在此情况下，他们是在奉命扮演士兵的角色，正如那些奉命扮演欢呼人群的演员一样，他们都是在参演一部剪辑粗糙、结尾仓促的政治宣传片，一部旨在歌颂苏军如何英勇、善良的宣传片。

不用说，影片中一匹狼都没有出现。

这又将我带回了一开始的那个问题，那个无解的问题：当你无法确定一个所谓的事实是真是假时，你该相信什么？

　　在没有信息可以证实或否定那位诗人给我讲的故事的情况下，我选择相信他。无论狼群是否真的占据过那座城市，我都选择相信这是真的。

五

眼下，一切都停了下来。鲍姆加特纳已写完《方向谜盘》最后一章最后一段的最后一个句子，在接下来的一个来月里，他必须忘记这本书已经写完了，甚至忘记他曾动过要写这本书的念头。鲍姆加特纳将这种写作后的空白期称为"坍塌期"，或者叫"杜丽特夫人的半醉期"，又或者像他小时候看的可口可乐的广告说的那样，是在"停下来享受清凉一刻"。这是一本书收官时必不可少的一步。因为在写作的过程中，你的心思每日每夜都和这本书连在一起，这个过程可能长达数年，甚至更久，等你写完书时，这种紧密的关系将使你失去对这部作品的判断力。不仅如此，你对写下的文字已过于熟悉，熟悉到它们在你眼中已丧失了生命力，此时再去读这些文字，只会让你感到极度厌恶，以至于你可能在愤怒或绝望的情绪下将手稿毁掉。为了你自己的理智着想，也看在你亲手造下的文字孽里还能挽救的那部分内容的分上，你必须强迫自己暂且抽身，把这该死的东西束之高阁，直到你与它彻底疏远，直到当你敢再次拿起它看时，会像是第一次读到它那样。

这是这位被判终身从事写作，如今仍在七号监狱三楼的牢房里独自服刑的老家伙多年来的经验之一。

因此，眼下一切都停了下来，鲍姆加特纳再次迎来了他周期性的"强制空闲期"。通常情况下，他会利用这些空档去处理一些生活杂务，那些他在专注于写作时故意忽视、不去处理的枯燥的日常琐事。比如去看牙医，或者给自己买新衣服，或者在推迟了一年半以后，给诊所打电话预约已经拖延很久的年度体检，又或者把家里各种碍眼的东西处理掉。比如，在写完那本关于克尔凯郭尔的书以后，他曾开展了一场针对后门廊上的烂摊子的大清洗运动，雇了一个有小货车的本地男人，把不想要的书统统送去了公共图书馆。那些书都是他从英勇的莫莉（那位来自 UPS 的光辉存在）亲手递给他的四百一十二个包裹里取出来的。过去十年里，许多女人在他的生活中来了又去，唯有她始终坚守岗位，不离不弃。

不过这次与以往都不同。这次鲍姆加特纳满脑子都是计划，而且是远比惯常的洗牙或买一双新鞋更大胆的计划。此时，距他写下书稿的最后一个句子已过去四天。那天他刚一写完，就把那份二百六十一页的手稿打印出来，塞进了书桌的抽屉里，接着告诉自己，接下来的一个月或一个半月，也就是十一月的月中或月底之前，都不要再去看手稿了。可就在两天前（二〇一九年十月十七日），也就是他完成写作的两天之后，某件意料之外的事发生了。正是在这件事的鼓舞下，精神为之一振的鲍姆加特纳卷起袖子，投入了迎接新挑战的工作中。

这一切源于一封来自密歇根州安阿伯[1]市的信。

1　安阿伯（Ann Arbor），密歇根大学总校区所在地，也常被译作"安娜堡"。

这封信一共两页，用单倍行距打印，装在标准商务尺寸信封里，直接寄到了他家的地址。寄信人叫比阿特丽克斯·库恩。"亲爱的鲍姆加特纳教授"，信的开头这么写道。接着，正文第一段解释了这位库恩女士是如何知晓了鲍姆加特纳的私人住址：他的朋友汤姆·诺兹维茨基，是她在密歇根大学英语与比较文学研究生项目的导师，正是他们这位共同的熟人，把他家的地址给了她。我那一头鬈发、大腹便便的老汤姆兄啊，鲍姆加特纳心想，七十年代末八十年代初，他还在新学院任教时他们就认识了，这家伙可是个话痨。汤姆比鲍姆加特纳和安娜稍小一些，当时他对安娜也隐约怀有几丝爱慕之情。他是个风流成性但无伤大雅的浪子，思维敏捷，和他聊天总让人神清气爽。他热爱美国诗歌，特别是当代诗歌，比如黑山派[1]和纽约派[2]那些诗人，以及

---

1 指二十世纪中期以北卡罗来纳州黑山学院为中心的一群前卫诗人，代表人物有查尔斯·奥尔森（Charles Olson，1910—1970）、罗伯特·克里利（Robert Creeley，1926—2005）等。

2 活跃于二十世纪五六十年代的诗歌流派，代表人物为弗兰克·奥哈拉（Frank O'Hara，1926—1966）、约翰·阿什贝利（John Ashbery，1927—2017）等。

其他类似的叛逆诗人和另类诗人。差不多就在鲍姆加特纳和安娜搬去普林斯顿的同时，他搬去了安阿伯。他为安娜的诗集写过一篇书评，是收到的所有书评中篇幅最长、见解最深，也是热情最盛的。如今，汤姆·诺兹维茨基仍不时会和鲍姆加特纳联系，每次他去纽约，也准会给鲍姆加特纳打电话。上周他给鲍姆加特纳发了一封邮件，为库恩女士担保，并提醒他，她的信很快就会寄到。但当时鲍姆加特纳正忙着写书的最后一章，他的收件箱里塞满了未读邮件，都被他抛到了意识的黑暗边缘，其中就包括汤姆的那封。因此，他在读库恩女士的来信时，尚不知道汤姆对她的评价（一位才华横溢的年轻女性……我近年来最优秀的学生……一位美妙的思想家、作家，热爱安娜的诗歌，说来也怪，有时她甚至让我联想到了安娜本人……），但事实上，库恩女士的信本身就已足够有说服力，鲍姆加特纳一读完信，就知道自己必须马上给她回信。

她希望以安娜的作品为题来写博士论文，但安娜的全部作品不过是一本一百一十二页的小书，她担心论文委员会可能不会接受她的选题。正因如此，她才想到给鲍姆加特纳写信，想知道除了已出版的《语词》里收录的那八十八首诗，安娜是否还有别的作品。首先是诗歌作品，其次是散文或者书信、日记之类的，还有创作笔记、草稿、修改稿或任何别的未曾发表的文字，只要能帮她更全面地理解安娜·布卢姆那惊世骇俗的才华就行。鲍姆加特纳读到这些话时，忍不住咧嘴笑了。他用力拍了一下餐桌，然后把信放下，陶醉了一会儿。这女孩是认真的，他心想，而且她问对了所有问题。她在信里继续写道，如果安娜真有未发表的手稿，她想知道，他是否已把它们交给了某个档案馆保管，还是说——像汤姆·诺兹维茨基怀疑的那样——手稿还在他普林斯顿的家中放着。如果手稿真的还在他家，她想知道他是否介意自己登门打扰。她打算去普林斯顿待上一阵子，好有足够的时间上他家查阅所有相关资料——假设只需一趟普林斯顿之行便足以完成这项工作的话。当然，住宿方面她会自行解决，而且无论他给她定下什么规矩，比如每天只能在几点到几点之间上门，只有在指定的时间段才可以向他提问，诸如此类，她都会一一遵守。这样一来，她便不会影响到他的工作，不至于让自己讨人嫌。

自安娜的书出版以来，几年时间里他收到过许多来信，但没有哪封像这封一样，既不是诗选请求[1]，也不是译作事宜询问，更不是一封情绪激动的粉丝来信（来自马萨诸塞州或者内布拉斯加州的某个孤独的女高中生），而是一封来自一位才华横溢的年轻学者的承诺信，表示自己愿意投入数年时间，去写第一部全面呈现安娜·布卢姆思想的学术专著。鲍姆加特纳为此莫名感动。他发觉自己不只是感到喜悦，或想要为之庆祝，更有一种实现了宿命的感觉，仿佛自九年前红翼出版社出版了安娜的书以后，他便一直等待着这样一封信，尽管他可能从未明确意识到这一点，也并未主动期盼着这样一封信，但他始终隐隐心怀希望，希望在茫茫人海之中，或许有一个人能足够在意安娜留给这个世界

1　指将安娜的诗作收录进某部诗歌选集的请求。

的东西，在意到愿意坐下来给他写这样一封信。随着这封信的到来，鲍姆加特纳意识到，朱迪丝离开后，这一年来萦绕在他心头的空虚感即将消散，不仅如此，他生活的方方面面几乎都将随之改变。

他家里当然有大量未公开的资料可供比阿特丽克斯·库恩研究，他当然也很欢迎她上门拜访，并且只要她愿意或需要，她想待多久他都可以接待。可与此同时，他又不免担心，普林斯顿一带高得离谱的旅馆、酒店和民宿价格，恐怕不是一个二十七岁的研究生能承受的。要么她就只能去嘈杂的公路边，住条件简陋的廉价汽车旅馆。想到这儿，鲍姆加特纳决定，最好还是让她暂住在他家，这样既能帮她省钱，也能让他自己安心。不过，让她住进这栋房子里恐怕不合适，因为三间卧室都在二楼，一间是他的卧室，一间早已被改成了书房，剩下便只有与他的卧室仅隔一道薄墙的那间小客房了。两个陌生人每晚被迫睡在相距不到六英尺的薄墙两侧，还要共用一个卫生间，这种安排无疑会让鲍姆加特纳的客人感到无尽的尴尬与难堪，更别提他本人了。但凡夜里他翻个身仰卧着，难免就要开始打鼾，再说了，谁知道年轻的库恩女士会不会也打鼾呢？车库楼上的那间阁楼倒是正合适，虽然空间不大，却很舒适，住两个人都没问题。阁楼里有一张床、一个抽屉柜和一个大衣柜，还有个小厨房和一个带淋浴的卫生间，以及一个独立式的特大号电暖炉。他和安娜刚搬来的五六年里，还会把那间阁楼租给研究生住。后来两人不再需要这笔额外的收入，就把阁楼空出来了，专供从纽约过来的朋友长住或周末小住。安娜死后，鲍姆加特纳几乎忘了还有那间阁楼，要不是兢兢业业的弗洛雷斯太太每年春秋两季都会把那里仔细打扫一番，恐怕那间曾经舒适的阁楼早就布满灰尘，成为蝙蝠和蜘蛛的天下了。按现在的情况来看，只需要几周的修缮整理，应该就能让阁楼恢复往日的模样了。于是，在十月十七日，大约在他读完比阿特丽克斯·库恩女士来信的六小时后，鲍姆加特纳便雇了弗洛雷斯先生和他的装修队负责这项工程。待这项工程结束后，紧接着还有一项工程：把通往地下室的那段旧楼梯拆了，重新搭建一段新的。早该这么做了。

就在同一天，他给身在安阿伯的汤姆·诺兹维茨基打了电话。在按照惯例互相问候了几句"你好""身体咋样""最近都在忙些什么"之后，鲍姆加特纳便切入了正题，说道：再跟我说说你那位比阿特丽克斯·库恩的事吧。你的邮件我看了，我知道她天赋异禀，前途无量，但我准备邀请她来住一阵子，甚至可能是住上好长一阵子，我必须知道她是不是一个情绪稳定、踏实可靠的人，一个不会把我家搞得天翻地覆的人。我手头有大量资料可以与她分享，但如果她精神不正常，或者很难相处，或者太害羞、话太多、太难满足或太别的什么，我就会改变计划，试着换一种方式和她打交道。前提是我还想和她打交道。

汤姆笑了。别担心，西。她是个靠谱的姑娘，脑子很聪明，举止也很得体，跟她相处起来很舒服。借用康拉德的说法，她是"自己人"[1]。我认识

---

1 "自己人"（one of us）也译作"我们的一员"，是约瑟夫·康拉德（Joseph Conrad，1857—1924）的小说《吉姆爷》（Lord Jim）里频繁出现的说法。

她三年了，一向觉得她为人踏实稳重、勤奋刻苦，不过她兴致好的时候也会很有趣，是那种稀奇古怪的有趣，跟安娜当年情绪上头闹腾起来时很像。所以看到贝贝，有时我会想到安娜。

贝贝？

大家都是这么叫她的。相信我，她可不是那种"标准版美国人"。她有一半犹太血统，四分之一 WASP[1] 血统，还有四分之一的黑人血统。她的外祖母可是费城最早的黑人女医生之一。她的祖母则是第一位在哥伦比亚大学物理系工作的犹太女性。这血统相当优秀啊，你说呢？一家子的高智商。但贝贝喜欢称自己为"混血杂种"，或者就像她有一次和我说过的，她假装谁都是，其实她谁也不是。我想想还有啥？对了，她母亲是位艺术史学家，父亲是位生物化学家，两人都在芝加哥大学教书。她还有几个兄弟姐妹，在国内和欧洲四处晃荡。另外，再说一件让你放心的事：你的书她大部

1　WASP 即"White Anglo-Saxon Protestant"的首字母缩写，指白人盎格鲁－撒克逊新教徒。

分都读过，也可能全都读过，她觉得你是自惠帝斯麦片[1]诞生以来最了不起的存在。

冠军的早餐。

大概就是这个意思吧，尽管她没把话说得那么直接。

与汤姆聊完之后，鲍姆加特纳便给比阿特丽克斯·库恩去了回信，开始和她商量她的来访安排——安娜的一千两百页未公开的手稿和信件，真要细细研读起来，少说也得花上好几天，甚至几个星期、几个月。老人非常感激女孩对安娜的作品如此关注，女孩则非常感激老人对她的研究如此支持，感激他为了她如此大费周章，并不惜投入巨资改造车库楼上的那间客房。在他们一开始的信件、电子邮件和明信片往来中，正是这种深厚的感激之情，使双方在字里行间展现出了他们所属时代和地域闻所未闻的礼节和客气，叫人看了简直以为这是两个十八世纪法国宫廷的王公贵族，而非生活在

1　惠帝斯麦片（Wheaties）是美国通用磨坊公司于 1924 年推出的一款长销不衰的早餐麦片，下文"冠军的早餐"是其最为经典的广告语。

二十一世纪美国破帻角旮旯里的一对平民。不过，随着时间的推移，那些高雅繁复的辞藻渐渐化为更朴实坦率的言语，一段美妙的友谊似乎正在两人间生发。鲍姆加特纳为此欣喜不已。

她在学期结束之前还有学业要忙，并打算在圣诞假期去看望父母，因此在与鲍姆加特纳商议后，她决定年初再去新泽西。这样一来，他刚好能利用这两个半月的时间，先完成房屋的修缮工作，同时重新熟悉一遍安娜的手稿，再花一个月左右通读《方向谜盘》的书稿，把所有需要修改的地方都改一改，然后发给他的代理人马迪·利夫顿。马迪会再将书稿转发给海勒图书，这是安娜在一九七二年参与创办的出版公司，也是鲍姆加特纳在过去近四十年里一直合作的出版商。

就在她的来访计划已确定，弗洛雷斯先生和他的装修队也已开始翻修车库阁楼时，鲍姆加特纳决定，后院也该好好收拾一番了。这十一年来，他几乎没怎么打理过花圃，现在那里早已杂草丛生，堆满枯枝败叶，成了一片凄凉的荒地。在此期间，除了在每年的春夏时节雇一帮高中男生，让他们用那台他和安娜从上一任房主那儿继承来的、一年比一年生锈得厉害的手动割草机修剪草坪外，他什么也没做。但如今，随着贝贝·库恩即将成为鲍姆加特纳家的临时住客，主人却突然迷上了园艺。从前，当安娜管这个家的时候，院子里有花，有灌木，虽没种什么太复杂或难打理的东西，但总归是一方不错的小天地，交织着艳丽的色彩、各异的形态和斑驳的绿影。现在是十月中旬，正是一年里种植花草树木的最佳时节，因此鲍姆加特纳决定主动出击，把那些枯枝败叶和残根烂木统统清理干净，赶在寒冬降临、土地封冻之前，让这该死的花园换上一番新颜。

这就让埃德·帕帕佐普洛斯，那个负责抄表的前棒球手，在缺席好几章之后又回到了这个故事中。鲍姆加特纳摔下楼梯那天，正是这个善良、有同情心的壮汉在下班后如约回到他家，不仅提来了一大袋给他敷膝盖的冰块，还带来了地下室用的新灯泡。这还没完，他还为鲍姆加特纳做了顿晚饭，走之前还把厨房收拾得干干净净。两人从此成了朋友。在过去的一年半里，鲍姆加特纳先是参加了这个年轻人的婚礼（去年春天，他与一个在旅行社工作、性格爽朗、名叫米姬的金发女郎结了婚），又请这对新婚夫妇吃遍了本地最好的几家中餐馆、墨西哥餐馆和意大利餐馆。后来，当埃德决定辞去抄表员的工作，去父亲的园林景观设计公司上班时，他也对此表示了支持。虽然埃德和父亲的关系不太融洽，但那时鲍姆加特纳已经看出，生性温柔、情感细腻的埃德对万物生灵有着一种本能的感知和亲近，对他来说，终日泡在花园里以侍弄花草树木为生，简直是一大幸事。与之相比，偶尔与他那脾气暴躁、爱颐指气使的父亲起些冲突，也没什么大不了的。如今，埃德干这行已经快一年了，听说鲍姆加特纳急需他的专业帮助后，他便带着两个年轻的学徒，每天早上准时出现在他家，开始对后院进行全面改造，努力让花园重现往日光彩。现在每天的情况是这样：弗洛雷斯先生那帮人（三个说西班牙语的男人）一天到晚在车库进进出出，埃德那帮人（三个说英语的男人）则在院子里埋头劳作。两个工地离得很近，这两帮人在重叠的地盘上走动时经常会打照面，但由于语言不通，双方很少交流。不过，好在有埃德·帕帕佐普洛斯。这名前单A棒球联赛投手曾有不少来自多米尼加、墨西哥、巴拿马、委内瑞拉等拉美国家的队友——这些年轻球员一句英语都不会说，稀里糊涂地就被人带到了格林戈[1]之地——为了和他们交流，埃德特意学过西班牙语。他就这样用安赫尔·弗洛雷斯那帮人的母语和他们聊了起来。鲍姆加特纳认识弗洛雷斯先生这么多年，印象里他总是板着个脸、沉默寡言，今天却是头一回见到他面带微笑，甚至哈哈大笑起来。鲍姆加特纳也懂点西班牙语，能听明白埃德和多米尼加出生、长大的弗洛雷斯先生主要在聊棒球。他不禁感叹，这个看上去有些笨拙的大块头埃德，一个全世界最不起眼的人，竟然有这样一

---

[1] 格林戈（Gringo）是拉美国家人士对美国人（尤其是白人）的俗称，带点调侃或轻微贬义。

种天赋：无论他走到哪儿，都会给那里带去生命的活力。

与此同时，鲍姆加特纳重新整理了安娜留下的全部文稿，并在时隔多年后再次翻阅。自从当初确定了收入《语词》的那些诗后，他便把剩下的诗抛在脑后了，因为他确信它们较为逊色，很可能不值得出版。可要是他错了呢？要是他自己强加的那些标准过于严苛和狭隘了呢？他希望安娜的诗集能一鸣惊人，因此只挑选了他认为算得上杰作的诗，最终从找到的两百一十六首诗里选出了最好的八十八首。当初这本诗集确实一鸣惊人，如今也依然在吸引越来越多的新读者。可哪怕是最伟大的诗人，也不可能每一首都是杰作。他采用了如此苛刻的筛选标准，对安娜或许并不是一件好事。此时，他一边细细翻阅这一百二十八首被遗弃的诗歌（近二百五十页尘封于世、不为人知的作品），一边不禁代入比阿特丽克斯·库恩的视角，想象着她若读到这些诗，这些虽难称完美但往往叫人赞叹的文字，会做出怎样的反应。他仿佛化身为她，体会到了她在发现一座动人心弦的辉煌宝库时的兴奋之情。鲍姆加特纳心想，自己真是个不折不扣的傻瓜，怎么就没想到在《语词》之后，再整理出第二本诗集呢？眼前这一百二十八首诗里，不说全部，至少也有七八十首是应该立即出版的。将来有一天，虽还不知是何时，但会有这么一天，这两本诗集应该合二为一，被重新编排成一卷本的大合集，它将成为一座由歌唱的诗篇组成的纪念碑，竖立在安娜寂静的墓前。

然而，除了这些，还有别的，还有很多。不仅有安娜的自传性文字，还有八十七首译自法语、西班牙语和葡萄牙语但从未付梓的诗歌译作。此外，还有用钢笔、铅笔和打字机写下的不同版本的诗歌草稿，堆成了三座小山，它们几乎涵盖了安娜所有的诗作。这些草稿大部分是在标准尺寸的打印纸上写下的，但也有从素描本、空白本和各种尺寸的带线笔记本（既有美国和英国的横格笔记本，也有法国和西班牙的方格笔记本）上撕下的散页。还有一些诗歌或诗歌片段是在信封、电费账单、购物清单以及屋顶维护费用单背面草草写下的。就连一位编辑寄来的言辞恳切的感谢信，背面也被她写上了诗。这位编辑出版了她翻译的洛尔迦[1]诗集《诗人在纽约》。此外还有：十几篇书评的手稿及其在周刊和月刊上的刊登稿、五篇未发表过的短篇小说，以及两部长篇小说的弃稿（共两百三十六页）。这些小说稿会成为比阿特丽克斯·库恩写论文时至关重要的资料（如果她的论文选题能通过的话）。但鉴于两部长篇都未写完，而五个短篇加起来只有三十页，要出版成书恐怕意义不大。他觉得那些译作倒是可以结集出版，那十四篇自传性文字（共一百七十一页）也可以，但鲍姆加特纳决定先缓缓再说。等过段时间，他重新考虑这件事时，他会先征求别人的意见，然后再决定做还是不做，免得自己一时头脑发热，做出对安娜和她的作品弊大于利的决定。

除了要着手整理她的第二本诗集，鲍姆加特

---

1 费德里科·加西亚·洛尔迦（Federico García Lorca，1898—1936），西班牙诗人、剧作家。

纳唯一比较有信心尝试出版的，便是他与安娜从一九六九年年中到一九七一年年中的通信。在那漫长得叫人绝望的两年里，他们被分别困在大西洋两岸，若不通过书信保持联系，可能就会彻底失去彼此的消息。他们那时都还只是孩子，一个十九岁，一个二十一岁，两人之间还没有建立起任何牢固的关系，有的或许只是一个希望，希望他们一起栽下的爱情幼苗可以慢慢长大，甚至有一天能开花结果——尽管他俩刚分开时，谁也不敢表达这样的希望。前一年的九月，当两人在善意商店初次相遇时，他们曾错失过一次机会。故事本可能或者本该就此结束，但八个月后，命运又给了他们一次机会。与多年来某些杰出的理性主义者告诉我们的不同，众神最自我陶醉的事便是和宇宙玩掷骰子的游戏[1]。正因如此，来年五月底的一个下午，当鲍姆加特纳在阿姆斯特丹大道的匈牙利糕点店找了个位子坐下时，才会恰好坐在了安娜的旁边桌。他并不是

1　此说法源自爱因斯坦的名言："上帝不和宇宙玩掷骰子的游戏。"

因为认出了她（当时她的脸被正在看的书挡住了）才坐在那里，而是因为那是唯一的空位。安娜在那篇题为《早期岁月》的自传性文章里，写下了他们再次相遇时的场景：

> 那个年轻人刚一坐下，便望向我说："我在哪儿认识过你，是不是？"
>
> "说认识可能有些夸大其词了，"我回道，"但我们确实见过一面。好几个月以前，我们在离这儿大约往南走十个街区的一家二手商店见过。我记得你当时正埋头选锅呢。"
>
> "没错！"他说，"阿姆斯特丹大道和98街交叉口的那家老破烂店！我们朝彼此微笑了，是不是？"
>
> 说出"微笑"这个词之后，他的脸上立刻绽放出一个比去年秋天见到我时还要灿烂许多的笑容。当我也用同样灿烂的笑容回应他时，我突然意识到，刚刚发生的是一件很不寻常的事。不寻常的不是我们的笑容，至

少不是笑容本身，而是我们竟然都还记得数月之前那个微不足道的短暂瞬间。更不寻常的是，我们明明对彼此一无所知，却仅仅因为都还记得那个瞬间，便表现得仿佛彼此间已建立了某种联系。秋天时的一个微笑，春天时的再次偶遇，再加上这样一个灿烂的笑容——这便是我们目前为止全部的交集，可我们却像早已认识了对方似的。或许我们确实早已认识对方，因为在之前的那几个月里，我们显然都曾时不时地想到对方。既然命运给了我们再次相遇的机会，我觉得我们都下定了决心，不能再错失良机。

从六月一直到八月中旬，他们尽可能多地抽出时间约会、共进晚餐、一起散步、看电影、听音乐会、逛博物馆，并在床上度过了一个又一个地动山摇的夜晚。这两个半月的时间虽短，却足以让鲍姆加特纳确定，安娜与他之前认识的所有女孩都不一样。此时，想到自己即将前往巴黎的法兰西公学院，去上一年的哲学课程，他不禁生出无限遗憾，尽管他曾经对此期待不已。安娜对这段感情却不像他那般笃定，甚至担心他没那么喜欢她，因为自他们在糕点店邂逅的那一刻起，鲍姆加特纳的巴黎之行便已进入了倒计时。在踏上飞机的那一刻，他一定会把她忘得一干二净。尽管如此，她依然爱上了他，只是她的爱并非全心全意，因为她知道，自己还没准备好去谈一场洪水猛兽般毫无保留的恋爱，更不要说，她还未完全从弗朗基·博伊尔的爆炸事故，以及他那近乎空荡荡的棺材带给她的情感冲击中走出来。鲍姆加特纳太爱她了，因此在她准备好之前，他不会逼她做出任何承诺。离别的那天来临时，他也让自己保持克制，没有向她做任何郑重其事的承诺。当时的他其实也和安娜一样，还没准备好迈出那**关键的一步**，但在内心深处，他对两人的长远未来却比她更有信心，因为他知道，如果未来的人生无法与她共度，那他的余生将不值一过。可安娜并没有这样坚定的信念，甚至还在临别时对他一通冷嘲热讽。她说，西，你真是个无耻的家伙，明知自己快走了还来撩拨我。现在倒好，玩够了，抛下一句"亲爱的再见，我会在梦里想你"就跑了？

我不会就这样跑了的，鲍姆加特纳说，我会每天给你写信。你最好能给我回信，不然……

不然怎么样？

我就把你从梦里踢出去。

你写，我自然会回。不过你肯定不会写的，所以我根本不用操心回信的事，不是吗？

别这么肯定，你这个自以为是的家伙。我要是你，现在就要开始操心了。

他虽没有真的每天给她写信，可当一九七〇年六月安娜去巴黎看他时，两人已各自给对方写了一百多封信。尽管这些信里偶尔会提到去年夏天两人在床上快活的时光，以及他们对再度缠绵的渴望，但没有一封是典型意义上的情书。在巴黎重聚的那两周，他们终于得偿所愿，再燃激情。之后，安娜便去了马德里参加一个暑期项目。等她八月份回到巴黎，准备在索邦大学开始一年的学习生活时，鲍姆加特纳已经在收拾行李，准备回纽约了。时也罢，运也罢，总之就是一连串曲折离奇的阴差阳错。一九七一年夏天，当安娜再次前往马德里参加暑期项目时，两人又已经隔着大洋过了整整一年。在此期间，他们依然只能靠书信联系，并各自又写了一百多封。这些信有的是对日常趣事的分享，有的是对尼克松、基辛格和越南战争的尖锐嘲讽乃至愤怒抨击，但最重要的，还是对两个年轻人思想成长轨迹的详细记录。安娜会在信中细细点评她正在阅读的古今诗人，并往往直言不讳甚至语出惊人，而正是在这个过程中，她开始发展出她早期那种通俗易懂、化繁为简的语言风格。鲍姆加特纳则逐渐摸索并终于第一次清晰地阐述了他关于具身意识和存在的双重性的理念——在此后的半个世纪里，他仍将不断与之缠斗。随着两人愈发亲密、彼此信任日增，他们开始在信中通篇倾诉自我怀疑和各自内心最深处的恐惧，而这些都是他们从未对别人吐露过的。尽管他们已经开始依赖对方，并且无疑也爱着对方，但这些信并不是情书，而是两个在思想上和精神上都惺惺相惜的知己间的交流。在分开之初，这对灵魂伴侣便明智地约定，不让彼此被荒谬的"守身誓"束缚。正因如此，鲍姆加特纳才能毫无负担地在巴黎和纽约经历几段露水情缘，并希望安娜在纽约和巴黎时也是一样。奇怪的是，他从未问过她是否也曾如此——因为他坚信，安娜怎么做是她自己的事情，他无权干涉；而安娜也明白，鲍姆加特纳的事她不该管，所以她也从未过问。

现在是十一月二十二日，是安娜在克莱蒙特大道与死神擦肩而过的四十七周年纪念日。两支施工队都已完工离场，弗洛雷斯和帕帕佐普洛斯的工钱也已结清。此时，鲍姆加特纳正琢磨着该如何写一篇回忆安娜的长文，来作为他们两人书信集的引言。但他知道，自己这么做其实是想逃避《方向谜盘》的校读工作。他现在必须开始重读这部书稿了，以确定它是否还需要修改，如果是，他就必须在一月五日比阿特丽克斯·库恩上门之前，抓紧时间完成修订。这倒不是因为有人给他规定了交稿日期——如果他想，再把书稿打磨上一年都行——而是因为他决心在她抵达普林斯顿之前，扫清一切障碍，让自己在她来访的整个期间完全服务于她，或者说，完全服务于安娜和安娜的作品，心无旁骛、全情投入，不被自己的工作分心。

好在这本书并没有像他担心的那样毫无可取之处。事实上，这书写得还行，若遇上某些宽容的读者，或许还会将其视为一本好书。不过，考虑到他要写的是一本游走在荒诞边缘的书，里面每一个句子都透着自嘲，每一个反讽都带有双刃，他断不能在把控全文基调时行差踏错一步。因为只要一着不慎，隐藏在戏谑下的严肃意图便会被破坏，甚至让整本书跌入胡言乱语的深渊。据鲍姆加特纳判断，他出错的地方不过三四处，而且这几处补救起来也省事：只需将它们尽数删去即可。因此，鲍姆加特纳多少松了口气，也多少不再那么自我厌恶了，尽管这本书实在太他妈疯狂了，以至于他都无法理解自己当初是怎么写出来的。

他依稀记得在欧柏林学院念书的第一个学期，

他曾上过一门哲学导论课，并在课上读到过一段要么是亚里士多德写的，要么是写亚里士多德的文字。那段文字把肉身比作一艘船，把灵魂比作这艘船的船长，这让当时的鲍姆加特纳感到非常有趣，因为他发现自己总忍不住把无具身的"灵魂船长"想象成一位有血有肉的船长，想象他正站在一艘"肉身之船"的船舵后方，指引着那艘船在波涛汹涌的中国海上航行。这么想当然很荒谬，因为一个没有实体的东西（灵魂）不可能在被赋予实体（肉身）后，还能被称为灵魂。尽管如此，如果说亚里士多德式的自我是物质与非物质的结合体，即一具由不可见的灵魂驱动的可见肉身，那么，若我们将这一比喻加以延伸，把一个由"灵魂船长"和"肉身之船"结合而成的真人，置于现代交通工具（比如一辆二十世纪的汽车）的方向盘后，岂不是很有趣？在这种情况下，"灵魂船长"仍将以纯粹的、非实体的灵魂形态为"肉身之船"掌舵，同时引导一辆纯粹的、实体的汽车在空间中前行。但由于人不是纯粹的灵魂或纯粹的肉体，而是两者的结合体，因此驾驶汽车的必然是一个拥有肉身的灵魂，即一个具身的灵魂，而这对任何一个笃信二元论[1]的人来说，都是无法接受的事实，尽管这个事实每天都在世界各地的无数条路上反复上演。那时鲍姆加特纳刚满十七岁，这样的胡思乱想让他乐此不疲，因为对一个喜欢抖机灵的大一新生来说，人生的头等大事就是质疑自己读到的一切，并想尽办法对其加以嘲弄。可三个月后，他父亲突然去世了，待他从纽瓦克回来后，便不再把矛头对准亚里士多德，转而忙别的去了。

尽管如此，多年来那些怪异的画面却始终在他脑海中挥之不去。他常会想象，在庞大且交错纵横的道路和公路网上，无数个"灵肉结合体"正驾驶着汽车，独自穿梭在危机四伏的汹涌车流中。而坐在方向盘后的每个人，都像是被困在昆虫般的金属车壳里的"人形单子"。他们是肉身，同时也是思想、灵魂或智慧，要负责做出无数个大大小小的

---

[1] 二元论是主张世界有意识和物质两个独立本原的哲学学说，即认为灵魂与身体彼此独立。

决定，以驾驶汽车安全到达目的地。他们要避免拐错弯，要避开路面上的坑洼和掉落的杂物，更要时刻保持冷静，因为一旦冲动行事，便有车毁人亡的风险。而人一旦死了，就永远死了。

鲍姆加特纳把人类生活想象成一场失控的汽车竞赛，所有车辆都疾驰在充满孤独甚至死亡的道路上。他认为《方向谜盘》便源自这样一个腐蚀人心的想法，但这个想法最终成形、成书，还是在他开始思考"automobile"这个词以后。"automobile"由古希腊语"autos"（自我）、拉丁语"mobilis"（可移动的）和十九世纪法语"mobile"（可移动的）混合而来，意为"可自行移动之物"，这也是汽车的正式叫法。但与此同时，人类本身也可以被视为一种"可自行移动"的生物。在把这两个本无关联的想法糅合成一个牵强附会、荒诞不经的概念后，鲍姆加特纳便找到了创作《方向谜盘》所需的隐喻引擎。汽车如人，人如汽车，二者可通过急速转向的伪哲学论述任意互换。这种论述秉承了斯威夫特、克尔凯郭尔这类知识分子的恶作剧精神，即把世界颠倒过来，让读者只能通过倒立去重新想象未被颠倒的世界。这便是化身笑匠的鲍姆加特纳。只可惜，讽刺之作如今早已势衰，且看有没有人能读懂他的笑话吧。

这本书共分为四个部分，每部分六七十页，分别是"汽车自我入门""机动之城[1]的故障""撞车大赛[2]""自动驾驶汽车的神话"。每部分都会同时谈及人类个体和群体的生活，以及汽车在人类生活中扮演的角色。虽然每章开头都是一篇干巴巴、假正经的文章，但紧接着便是短小的故事，有十五或二十篇，从杜撰的虚构故事到报道里的真实事件，还有各种寓言、哲学难题等。比如"汽车自我入门"这一章，既指学习汽车驾驶、遵守交通规则的入门，也指人类自我修养的入门，并在文中巧妙地把"努力成为一名优秀的驾驶员"与"努力成为

---

1 此处的机动之城（Motor City）并非常见的"汽车城"之意，而是将汽车本身比喻为一座由机械零件构成的"机动之城"。

2 撞车大赛（Demolition Derby）原指二十世纪中叶兴起的一种汽车竞技活动，参赛者需要尽可能撞毁其他车辆，最后一辆还能运转的车即为获胜者。

一个道德健全的人"整合在了一起。"机动之城的故障"既指汽车常见的各类机械故障（爆胎、火花塞或化油器故障），也指人类在遭遇各种危机状况（内伤、外伤、流行病）时，身体会出现的故障。"撞车大赛"则描绘了当司机们不再遵守交通规则，而是以所谓"上帝和宪法赋予的个人自由权"为名，无视停车标志和红灯警告，肆意冲撞挡道的行人时，整个社会将陷入怎样的境地。虽然书中没有一句提到数以百万计的 MAGA[1] 群体和潜伏在白宫的那个危险人物，但鲍姆加特纳的意图不言自明。接着，他又举了其他几个地方的例子，虽用了杜撰的地名，但不难看出是在影射贝尔法斯特、萨拉热窝和卢旺达发生的事。最后，"自动驾驶汽车的神话"描绘了这样一个未来：大部分人自愿放弃了思考的自主权，转而将信仰寄托于一种更高的力量，即数字。由于这种无具身的毕达哥拉斯式力量必然无法为人类所理解，而只能被由数字驱动的机器掌

---

1 唐纳德·特朗普（Donald Trump，1946— ）常用的政治口号"让美国再次伟大"（Make America Great Again）的缩写，后成为指代特朗普及其支持者的标签。

握，这些机器也因此逐渐控制了整个汽车行业。鲍姆加特纳以一个故事作为全书的结尾。故事讲述了发生在得克萨斯州的一起惊人车祸：四辆自动驾驶汽车载着四名熟睡中的车主，以每小时八十六英里的速度在一个交叉路口相撞并爆炸起火，最终无一人生还。事故发生前，这些车主都忘了给车设定相应的安全程序。鲍姆加特纳在书最后写道，警方在即将发布的官方通报中，会将这桩惨剧归因于"人为失误"。

十一月二十五日，感恩节前的星期一，他将手稿寄给了马迪·利夫顿。在把自己的书形容为"抹了屎的烤面包片"后，他提醒她，莫里斯·海勒和他的儿子迈尔斯很可能会以"不宜出版"为由退稿。可谁能想到，他们竟然接受了这本书。因此，到十二月中旬，一切障碍都已扫清，鲍姆加特纳终于可以把心思完全放在贝贝·库恩身上了。

两个月前，他还根本不认识她，现在她却成了他生活中最重要的人。他们还没见过面，只在照片和屏幕上见过彼此，可鲍姆加特纳已经像爱自己的女儿（如果他和安娜能有一个女儿的话）那样，爱着比阿特丽克斯·库恩了。汤姆·诺兹维茨基说得没错，贝贝和安娜确实有许多虽然细微，却叫人难忘的相似之处。她们的容貌或许并不那么像，但在整体气质、身形，以及她们在别人面前时散发出的能量上，的确有几分相似。更何况，贝贝比任何人都更理解并热爱安娜的作品，光是这一点，她就足以跻身鲍姆加特纳最喜爱的人之列。不止如此，自十月中旬以来，他几乎每天与她通信，还会和她打电话、视频，而这些交流也让他对她的才华和智慧有了切身的体会。但最关键的是，他就是单纯喜欢她这个人，并已迫不及待地想在一月五日，也就是二十一天之后见到她了。三个星期是短暂还是漫长，他已经无法分辨了，但那一天总会到来。鲍姆加特纳就像一个焦急地数着还有多少天放暑假的小男孩，期盼得整个人都坐立不安起来。

可还有一个问题：贝贝打算从安阿伯自己开车到普林斯顿，对此，鲍姆加特纳是一百个不放心。一月初的密歇根、俄亥俄和宾夕法尼亚，天气有时会很可怕，而这一路得走六百一十五英里，大约九个半小时的车程。伊利湖一带随时可能降下暴风雪、冰暴或冻雨，她开着那辆已有十年车龄的丰田凯美瑞小车，长路漫漫，真不知会遇上怎样的凶险。而且她还非要孤身上路，连个换着开车或在遇到突发状况时帮她一把的人都没有。鲍姆加特纳建议她再考虑考虑，改乘火车出行，可她说自己到新泽西之后还需要用车。不需要，鲍姆加特纳回道，因为他随时可以把自己的车借给她。贝贝又说，她断不能如此麻烦他。对此，鲍姆加特纳的回复是：别说蠢话！如果你不想借我的车，那我就专门给你租一辆，怎么样？千万别，她回道。他已经为她花太多钱了，她绝不能再让他花钱了。鲍姆加特纳立即反驳道：钱的事你不用操心，我负担得起！十二秒后，她发来了回复短信：我不能不操心！

　　他们陷入了曾被他父亲称作"墨西哥式对峙"[1]的僵局。比阿特丽克斯·库恩虽是个友好、可亲之

1　指双方或多方互相对峙，僵持不下，比如影视作品里常见的互相拿枪指着对方的场景。

人，但也绝不容他人摆布。若谁胆敢挑战她的自主权，或者干涉她的个人意愿，都不会有好下场。从前，他和安娜就不时发生这样的冲突。安娜会带着积攒已久的怨气（往往是因为他之前未曾留意的某件事），出其不意地向他发难，对他展开猛烈的指责，并愤怒地与他争执，直到他最后做出让步，承认她有道理。她到底是对是错并不重要，因为她永远是对的，哪怕错了也是对的。鲍姆加特纳很快便明白了一个道理：认错是最好的辩白。因为只要他一低头认错，争执便会结束，这件事会立即被忘得干干净净。这是否也该成为他和贝贝·库恩的相处之道：直接投降，按她说的做就好？一月四日和五日的天气当然有可能会很糟糕，也许她全程都得行驶在极为恶劣的路况里；但同样有可能的是，她一路东行遇上的都是阳光灿烂的好天气，并在次日晚上顺利抵达他家。无法预料，一切都无法预料。但最重要的是，他怕自己把她逼得太紧，结果把这件事搞砸了，真要这样的话，他知道自己一定会为此心碎。因为在他看来，现在没什么比他们将要一起在他家（他在这个家度过的岁月比她度过的人生还长）度过的那几天、几周甚至几个月更重要的了。因此，就在圣诞节前，鲍姆加特纳妥协了，让她想怎么来就怎么来吧，并祝她旅途顺利。面对他做出的让步，心思敏锐的库恩女士在回复时几乎有些愧疚了，因为她知道，鲍姆加特纳已经把她当成了假想中的女儿，甚至视她为亡妻的再世。然而，正如当年他与安娜相处时一样，一旦他让步，问题便迎刃而解。之前的争论被一笔勾销，他们的友谊也重回正轨。

可鲍姆加特纳还是默默担心着。毕竟天气只是一方面，不管地面是湿滑、结冰还是干燥，都一样可能发生事故。她要开六百多英里的路，沿途随时可能发生各种意外情况。圣诞节来了又走，到二十七八号时，鲍姆加特纳已经担心得快陷入彻底恐慌了。他确信自己内心愈发强烈的不安和《方向谜盘》这本书脱不了干系。毕竟，这两年来他痴迷于有关汽车的一切，无法自拔，他又怎么可能不担心呢？他痴迷的不仅仅是汽车本身，还包括汽车作为人类自我象征的意义，以及无数人独自驾驶着汽车在庞大且交错纵横的州际公路网中狂奔的景象——就像如今的美国社会，"自由国度"的人们在画着白线的沥青路面上横冲直撞，越来越多疯狂、愤怒的人弃交通规则于不顾，参与到不断上演的"撞车大赛"中，使其成为**新时代**的头号暴力运动。这正是鲍姆加特纳书中的核心隐喻。可现在，随着贝贝·库恩即将驾驶一辆真实的汽车，横穿美国五分之一的国土，一路行驶在从密歇根到新泽西的真实公路上，这位等待着她到来的老人却被自己的想象反噬，总忍不住去放大甚至扭曲她可能面临的危险。倒不是说他设想的最坏结果一定不会发生，但如果想一想每天有多少车在路上跑，再对比一下每天发生的致命事故数量，就会发现他设想的结果有多罕见。只要鲍姆加特纳能冷静下来想想，就会明白贝贝死在宾夕法尼亚州中部的 80 号公路上的可能性微乎其微，明白他是在恐慌之下才把这件事当成了必然。但他无法冷静地去想这件事，因此，他现在醒着的每一刻，都处在令人窒息的恐慌之中。

那本书或许是他不安的直接原因，但不是最主要的，因为鲍姆加特纳知道，还有很大一部分原因，是安娜之死带给他的影响。他想到他们在科德角海滩上度过的最后一天，想到那天她跑进海里时，他没来得及阻止她。安娜说要最后下一次水时，她已经站起来了，而他还躺在浴巾上看书。尽管他提醒她天色已晚，应该回屋去了，但她只是笑了笑，并不以为意。等他好不容易站起来，她已经跑出去很远了，远到他根本不可能追上她。留给他的时间根本不够。但在贝贝的事上，他本来有充足的时间——整整一个多月，可以去说服她把车留在密歇根，改坐火车来。可尽管他已费尽心力，最终仍是一筹莫展。现在已经来不及了。如果她在来的路上发生什么意外，鲍姆加特纳觉得自己也活不成了。此前的人生中他从未有过这样的想法，但如果贝贝·库恩不能毫发无损地抵达他家，他打心里觉得自己活不成了。

他们在三号那天又聊了很久。鲍姆加特纳在

电话里竭力隐藏内心的担忧，努力让自己的声音显得自然些。因为这天下午贝贝的心情格外愉快，她已收拾好行李，为明早出发做好了准备，鲍姆加特纳实在不想在这时扫她的兴。于是他跟她聊起了明天的预报天气（三十多度[1]，局部多云，降水概率百分之十），并问她预计什么时候能到匹兹堡，也就是她此次旅程的中点（到那儿之后，她打算在父母的两位老友家过夜，他们是一对在卡内基梅隆大学工作的科学家夫妇）。贝贝说还很难确定，因为她今晚要先和一群朋友出去聚餐，还不知道什么时候能结束聚会、回去睡觉，因此她不确定明天什么时候能起，什么时候能出发去匹兹堡。他们正在进行的，是一场最琐碎不过的日常闲聊，但鲍姆加特纳听贝贝说得越多，他对明天和后天的焦虑就越少。毫无疑问，这是因为从她口中说出的哪怕最寻常的话语，也洋溢着某种令人着迷的超凡特质，使它们听起来就像莎士比亚的十四行诗，或《人权宣言》的序言一样重要。安娜也有这样的特质。这一特质

1　此处指华氏温度，30 华氏度为零下 1.11 摄氏度。

不仅体现在她的声音中，还体现在她的动作里。哪怕最寻常的肢体动作，在她身上都会变成某种崇高而优雅的自我表达。比如她翻书时手指的灵动，或者叠餐巾、毛巾时手腕的从容，这些最平平无奇的举止，在她如火焰般燃烧的自我意识照耀下，无一不焕发着奇迹般的光彩。在鲍姆加特纳看来，安娜·布卢姆和比阿特丽克斯·库恩便是支撑他人生的一对书立。他祝贝贝明天一路平安顺利，但忍住了自己接下来最想说的一句话：开车时多加小心，求你了。他费了很大的劲，才没让自己说出这句话。可贝贝却像是听到了似的，因为他刚把话憋回去，她便会心一笑，说道：别担心，西，我保证会小心开车。

此时是二〇二〇年一月三日，下午一点半。鲍姆加特纳刚挂断电话。现在他要考虑的是，该如何打发今天剩下的时间，更别说还有明后天了。他预计下一次收到贝贝的消息，应该是在她抵达匹兹堡以后了。当然，这是在不发生任何意外的情况下。但即便一切顺利，她至少也还要二十六到二十八个小时，才会抵达她父母的朋友家。再说了，谁知道她到了以后，会不会记得联系他呢？鲍姆加特纳眼下毫无计划，心烦意乱得根本无法继续翻看安娜的手稿，也没法专心做其他事。他想，去散散步也许对他有好处，但今天冷得要命，如果他想出门逛逛，也只有开车能舒服点了。他对自己说，那就这样吧，他开车去酒类专卖店，再多囤点烈酒，葡萄酒也再买上一箱。如果之后想不出别的事来做，他就打电话问问，看有没有哪个朋友今晚有空，能临时和他去餐厅吃顿饭。

于是，鲍姆加特纳裹上他最保暖的冬装，又披上了一件最保暖的外套，走到车库，重重坐进那辆他已开了四年的斯巴鲁旭豹（一辆油电混合动力车）的驾驶座。他刚启动引擎把车开出门，便意识到自己其实并没有兴趣进城买酒，更不想在城里撞见某个他虽认识但并不关心的人，害他不得不花上漫长的两三分钟，去进行索然无味的寒暄。因此，他没有朝着熟悉的购物区驶去，而是转向了相反的方向，没过多久，他就往南驶去，驶离拥挤的商业公路和闪烁的灯光，驶向房屋渐少、道路渐窄的荒野地带。他觉得自己正离一个叫"松林荒原"的地方越来越近，但他也不是很确定。他上一次去探索那片神秘的旷野，已是许多年前的事了，当时还是和安娜一起去的。那次旅途的许多细节他都记不清了，只依稀记得他们是在一个周日下午出发的，后来在某处停下吃了一顿野餐。但他记得很清楚的是，就在两人把毯子铺在沙土上时，他望向安娜那张美丽而耀眼的脸庞，接着一股强烈的幸福感涌上了他的心头，以至于眼泪开始在他的眼眶里打转，于是他默默对自己说：记住这一刻，你这家伙，到死都不能忘，因为你再也遇不到比现在更幸福的时刻了。

他记得自己在此后的许多年里，一直把当时感受到的那种幸福感铭记于心，但产生这一幸福感时所在的那个地方的细节，他却几乎都记不清了。因此，他无法确定自己现在是回到了那里，还是其实在别处。他开车出门已经多久了？他想最多也就四五十分钟吧。但天色已经开始变了，因为冬至刚过去一两周，白天还很短，非常短。就在他向右拐进一条穿过茂密松树林的狭窄小路时，他左眼的余光瞥见了什么——竟是一头正从路左侧的树林里跃出的鹿。只见鲍姆加特纳没有一丝犹豫，本能地向左急转弯，避免了与鹿相撞，而那头鹿此时也已穿过马路，消失在了另一侧的树林里。经历了如此惊险的一幕后，鲍姆加特纳不得不把车停下，以平复自己的心情。他不禁感慨，自己都七十二岁了，反应竟还如此迅速。尽管如此，他依然被这突如其来的险情吓了一跳：这事发生得太突然了，从头到尾不过三四秒。等终于缓过神来后，他再次发动汽车，重新上路。他先是经过了一栋房子，几百码后又经过了另一栋房子。他觉得是时候启程回去了，但始终没有遇到一个可以让他开始掉头往北方去的十字路口。于是，他一边继续向前开，一边寻找着路旁林中可以转向的口子，以便掉头沿着来时的路回去。可他还没来得及找到这样的口子，又有一头鹿从林中冲了出来，这次是从路的右侧冲出的。他不能左转，这样会撞上鹿，于是他向右猛打方向盘，躲过了鹿，但偏离了路线，撞到了一棵树上。他开得并不快，时速不超过二十八或三十英里，但这一下撞击依然来得猛烈而突然。虽然他系着安全带，身体还是猛地向前冲去，一头撞在了方向盘上。他的额头被撞破了，一股鲜血开始缓缓淌向他的右眼。安全气囊不知为何没有弹出。可能是设备故障，也可能是撞击的力度还不足以触发气囊的启动机制。

鲍姆加特纳意识清醒，且并未感到疼痛，但刚刚发生的事依然让他感到惊心动魄。用手帕擦去血迹时，他惊讶地发现，流了这么多血的伤口竟然不怎么痛——事实上，一点也不痛。接下来的几分钟里，他坐在驾驶座上一动不动，思考着接下来该怎么做。他决定先下车检查一下车况，如果受损不严重，还能正常行驶，他就重新钻进车里，掉头驶回普林斯顿。他从车里走出，走进寒冷刺骨的空气中，发现前格栅已被撞得严重凹陷。他觉得这应该还不足以造成任何机械系统方面的故障，可当他回到车内按下启动按钮时，车子却毫无反应。电池没动静，发动机也没动静，"机动之城"的心脏真出了故障，甚至可能是永久性的故障。由于鲍姆加特纳对汽车维修一窍不通，无法自己把车修好，他只能竖起外套衣领，把双手插进口袋，迎着寒冬暗淡的日光，朝先前经过的几栋房子走去。我们的主人公就这样顶着寒风，额头上的伤口还淌着鲜血，踏上了求助之旅。当他来到第一栋房子前敲响房门时，S.T.鲍姆加特纳传奇人生的最终章就此展开。

策划编辑 ｜ 苏 骏
特约编辑 ｜ 苏 骏

营销总监 ｜ 张 延
营销编辑 ｜ 狄洋意　　许芸茹　　韩彤彤

版权联络 ｜ rights@chihpub.com.cn
品牌合作 ｜ zy@chihpub.com.cn

春山望野（北京）文化传媒有限公司

Room 216, 2nd Floor, Building 1, Yard 31,
Guangqu Road, Chaoyang, Beijing, China